图书在版编目(CIP)数据

消失的地平线／（英）希尔顿著；大陆桥翻译社译.
上海：上海社会科学院出版社，2003
ISBN 7-80681-182-6
Ⅰ.消… Ⅱ.①希…②大… Ⅲ.长篇小说－英国－现代 Ⅳ.1561.45
中国版本图书馆CIP数据核字 （2003）第026171号

消失的地平线

詹姆斯·希尔顿／著

大陆桥翻译社／译

责任编辑：汝　江
封面设计：阿　健
版式设计：张万新
出版：上海社会科学院出版社
社址：上海市淮海中路622弄7号
邮编：200020
发行：新华书店　共和联动图书有限公司(010-64959556)
印刷：北京瑞宝画中画印刷有限公司
版次：2003年4月北京第1版
印次：2004年6月第3次印刷
开本：787×1092毫米　1/16
印张：12.5
字数：200千字

标准书号：ISBN 7-80681-182-6/K·038
定价：48.00元

如有质量问题，请寄回印刷厂调换

探索／大旅行家游记

香格里拉的美丽传说

消失的地平线

[英]詹姆斯·希尔顿／著

大陆桥翻译社／译

上海社会科学院出版社

目 录

引言：一个神秘的熟人 / 6

第一章：劫机飞越高山和峡谷 / 24

第二章：掉进寒冷的山谷 / 44

第三章：进入香格里拉 / 59

第四章：宽容的宗教气氛 / 72

第五章：飞行员的葬礼 / 89

第六章：美国逃犯的宿命 /99

第七章：超越生命极限 /119

第八章：心灵平静与长寿之道 /133

第九章：永不衰老的容颜 /140

第十章：爱与生的苦恼 /147

第十一章：现实和勇气 /163

结局：永失香格里拉 /181

引 言
一个神秘的熟人

烟蒂渐熄，幻灭的气息从弹落的烟灰上弥漫开来，聚会的老同学都有些难过，这不奇怪，毕竟，久别重逢使我们缺少了曾经的共鸣。做使馆秘书的威兰德请我们在饭店吃饭，即便是在这样的宴席上，他也不失外交官固有的职业风度，我感觉有些尴尬，3个英国单身汉相逢在异域的首都，威兰德还是那样傲慢得不可一世，而鲁塞弗却比以往成熟了，他现在在写小说，我更喜欢他。他已经不再瘦弱，也不再有孩子气，我也不能再像从前那样一边欺负他，一边做他的"保护神"。他现在的收入比我俩都高，过得相当富足，使我和威兰德不由得平添几分失落，不过，因为有中欧国家的飞机降落下来，这些"巨鸟"的出现，为我们带来了傍晚消遣的风景。

弧光照明灯将机场照得一片雪亮，我们仿佛坐在灯火辉煌的豪华剧院里。从一架英国飞机上下来一个飞行员，他穿着宇航服从我们身边走过，在他向威兰德打招呼的时候威兰德并没有认出他来，当发现他是桑塔司，赶紧向大家介绍，请他和我们同叙。威兰德说你全副武装，又戴头盔又穿制服，怎么能认出你呢？实在很抱歉。

桑塔司是个开朗愉快的人，他大笑着说："是啊，是啊，我可是从巴司库来的。"

威兰德也笑了，笑得很勉强，随后我们开始谈别的。桑塔司是个令人快活的人，聚会一下子热闹起来，我们喝了好多啤酒。10点前后，威兰德去邻桌和另一个人聊天，鲁塞弗这才又问："我知道你说的那个巴司库，你适才的意思，好像在那里经历过什么事情！"

桑塔司有点害羞似的笑道："也没什么，

英国小说家詹姆斯·希尔顿在简陋的书房中写作。1933年初，长期处于失败的写作边缘的詹姆斯·希尔顿决定再一次冲击长篇小说，动手写一部关于西藏的神秘小说，他刚从巴基斯坦回来，手中有大量的探险资料足够他发现一个诱人的世界。小说写得很顺利，几乎是一气呵成。立刻被伦敦麦克米伦公司买下版权。并于同年4月推出这部名叫《消失的地平线》的作品，令人始料不及的是，这部小说立即震撼了世界，风靡全球。"香格里拉"一词横空出世，成为英语中最迷人的词汇。1936年，该书改编成电影，给正处于经济大萧条的人们带来了希望和安慰，获得了巨大成功。1972年好莱坞再次拍摄了这部电影，又获得了巨大成功。"香格里拉"成为人间天堂的代名词。

《消失的地平线》首版书影。

我曾经在那儿服役,碰到过一些让人难忘的事情。"但他毕竟是个年青人,最终还是对我们讲了。

他说:"我们的一架客机被劫持了,是个阿富汗人,也有可能是其他人,你知道,这很糟糕,他做出的事情是我能够说出的最卑劣的。在飞机上,那家伙给了一个驾驶员一拳头,把他打倒了,换上他的航空服,没有人知道这家伙什么时候钻进了驾驶舱,他准确无误地给地面导航技师发了信号,好像什么事情也没发生似的,驾着那架飞机飞远了,从此没有人再见过他回来。"

"这是哪一年的事情?"这个话题让鲁塞弗有些激动。

桑塔司说:"嗯,或许你还记得一年前,那场1931年5月爆发的革命,当时我们正将巴司库的百姓转移到百峡洼,情况很不好,我决没想到会发生更糟糕的事情,但是无可避免,该来临的还是来临了。可以说,航空服使他们蒙混过关,你认为呢?"

鲁塞弗兴味不减:"我原以为当时的局势,起码会安排两个人驾驶一架飞机的!"

"嗯,你说得对,用于运输的普通军用机都是这种标准,但是这架飞机是一种小型飞机,本来是为那些印度首领定作的,最终给了印度勘探部,他们用这架飞机在高海拔的喀什米尔地区做探测。"

"难道这架飞机根本没到百峡洼?"

"是的,我没有听说这件事情,也没听说这架飞机在其他地方降落,实在不可思议,假如劫机的是当地人,他很可能会把飞机降落到山间,那些乘客会被他们当人质换取赎金,我想,他们可能都遇难了。这很正常,前线有许多使飞机坠毁的地段,经过那里的人总是失踪。"

"对,我对那里的情况也很了解,有多少名乘客在飞机上?"

"大概有4个,3个男人,1个女人,女人是个修女。"

"有一个男人是不是叫康威?"

"噢,康威,是的,他很棒,你也认识他?"桑塔司很意外。

"我们是同学。"鲁塞弗说得很犹豫,尽管他没说假话,但他认为这样说略显勉强。

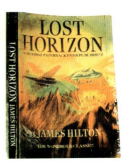

《消失的地平线》第49版封面,印于1974年,当时重拍的电影唤醒了美国人心中的香格里拉之梦,小说再次畅销,使香格里拉一词深入人心,作为人类共同的梦想流传开来。

电影《消失的地平线》的招贴画。1936年,首部香格里拉电影问世,立即给全世界带来了心灵的慰藉,那些饱受第一次世界大战摧残的欧洲国家还没有彻底恢复过来,又面临第二次世界大战的潜在威胁,欧洲人从这部小说和电影中学会了适度原则的可行性,正在遭受经济崩溃之苦的美国人则从中看到了希望和幸福。同时,西班牙内战已经明显表明了纳粹主义的野心,当时的世界处在邪恶威胁中,人们没有理由不神往香格里拉,小说和电影是注定要成功的。

消失的地平线

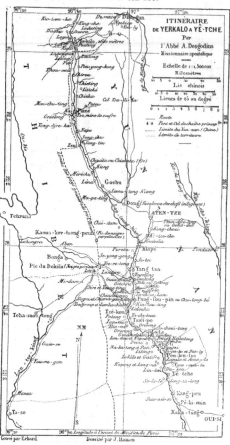

法国传教士德斯戈丹于1873年在云南西北部实地勘察,绘制了比较详细的地图,沿他行走路线的山川、河流、道路、村舍都有记录。其中一幅地图曾于1875年公开发表于法国《社会地理》杂志。这是关于香格里拉地区最早的由外国人绘制的地图之一。希尔顿曾在1927年研究过这两张地图,希望能捕捉到进入香巴拉的线索,当他实际创作他的小说时,很可能将目标锁定在此进行虚构。毫无疑问,德斯戈丹是最早引发香格里拉梦想的人之一。

桑塔司说:"他在巴司库给人的印象是非常开朗,让人开心的棒小伙子。"

鲁塞弗点头赞同:"对,是这样,但是……那件事毕竟太离谱了……嗯,应该说是……不一般……"他茫然地思索片刻,"报纸好像没有报道过这件事情,否则我早就读到了,究竟发生了什么?"

桑塔司突然局促起来,我甚至能感觉到他内心的不安,他说:"实际上,我好像在传播一些不该传播的事情,但是,或许事过境迁,这些已经成为往事,不会有太多的人会关注这件事情。当时并没有传播到外界,我是说这件事情的经过,实在让人没脸去说。政界只传出消息说失踪了一架飞机,他们仅仅提供了飞机的型号,外界对这类事情不会太关注。"

正说着,威兰德又过来了,桑塔司略微抱歉地解释道:"威兰德,他们对那个棒小伙子康威很感兴趣,我可能无意间把巴司库的事情给抖搂出来了,我想你不会介意!"

威兰德板着面孔,似乎陷入沉思,他显然在努力控制着自己的情绪,免得在同学面前有损政府官员的形象。

他慢悠悠地说:"我认为,不该把这种事情当成下酒的谈资,我原以为驾驶飞机的军人是非常重承诺的,没想到有什么要闻会从他们口中传播出去。"

显然他在责备桑塔司,但他对鲁塞弗说的话依然非常得体,他说:"这可以理解,你有兴趣了解这些事情,但是,我认为你肯定会相信在某些情况下,前线的神秘性正在于无人知道的机密。"

"但是,从另一个角度来说,人们还是希望了解事情的经过。"鲁塞弗的口气有些漠然。

"那些确有理由了解事情经过的人自然不会被隐瞒真相,我可以向你保证,因为我那时候就在百峡洼。你和康威很熟悉?你们也是同学吗?"

"我们在牛津的时候打过交道,以后也见过几面,你经常见到他?"

"我们在安哥拉驻扎的时候见过。"

"你认为他怎么样?"

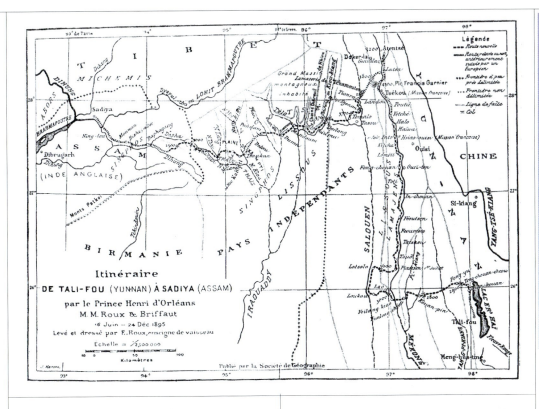

消失的地平线

法国传教士德斯戈丹绘制的地图,极大地刺激了法国人的好奇心,尤其是香巴拉传说和当时流行的乌托邦思想有共通之处,因而更吸引人注目。紧接着,一个法国女人按图索骥闯入了香格里拉地区。她就是本世纪法国最著名的东方学家、汉学家、藏学家、探险家亚历山大莉娅·大卫·妮尔,她终生都在探寻香巴拉的秘密,先后5次闯入西藏地区探险。从1891年起,大卫·妮尔在印度和锡兰学习佛学,1910年,开始在比利时布鲁塞尔大学主讲佛教课程。1912年,她成为十三世达赖喇嘛会见的第一位西方女性。1921年,她最后一次闯入西藏。她的著作极大地刺激了西方探险,特别是她对香巴拉王国的猜想和描述,使香巴拉作为一种圣地概念,在西方文人中找到了众多的知音。

大卫·妮尔的藏族向导扎德肖像,摄于1921年左右。当时,女探险家打算从康定进入西藏,未能成功。稍后,她的一个干儿子庸登喇嘛帮她化装,使她成功潜入西藏腹地。她的著作《一个巴黎女人的拉萨探险记》两年后出版,非常成功。詹姆斯·希尔顿曾经仔细研读该书。

消失的地平线

20年代末,詹姆斯·希尔顿在巴基斯坦拜访英国驻巴基斯坦总督的合影。当时,东方文化特别是印度佛教文化极大地吸引了西方的学者文人,他们只要有机会就决不放弃到东方一游,既可增长见识,又可以异国风情炫耀于人。詹姆斯·希尔顿正是在印度游历时,接触到佛教香巴拉王国传说的。

"他不错,很聪明,只是太懒了。"

鲁塞弗笑道:"他确实很聪明,大学时他就很优秀,非常不幸,战争爆发了。在学生会他可是个人物,得过划船队的蓝色荣誉,还有其他许多奖。他是我结识的最了不起的业余钢琴家,嗯,他可是多才多艺,和乔弋忒一样,有望成为未来首相候选人。但是离开牛津大学后,就没了他的消息,很显然,战争结束了他的学业。他当时还年轻,我估计他投笔从戎了。"

"听说他被炸伤了,也可能是其他的事情。"威兰德说,"但没那么严重,他一直过得很好,在法国获得过金十字勋章。回到牛津大学后,从事教导工作,1921年他去了东方,他懂好几门东方语言,在那里他不难找到工作,他做过各种工作。"

鲁塞弗哈哈大笑道:"看来,事实是明摆着的,对于那些搜索战事情报机密的日常行为和外交部看茶待客时充满才气的唇枪舌战,历史是不可能记载的。"

"他在领事馆工作,不是外交部。"威兰德漠然地纠正,看得出,他没心思和他们开玩笑,对于那些带有讽刺味道的交谈,他也不去解释。

已经很晚了,鲁塞弗起身告别,我也打算走了。说再见的时候,威兰德那副官腔和政府礼节依然如故,桑塔司显得非常热情,说最好能再

香巴拉王国幻想。大卫·妮尔的书中曾记载过一次神秘经历,不知是真是假。事件发生在云南藏区的竹卡山口。她在森林中沿一条河流前进时,在阳光普照之下,发现对岸的土地呈现出王府花园的外貌,在长长的山谷间,宛若群山环绕的天堂。这个村庄在任何地图上都未曾标明。接下来,她奇怪地睡了一觉。她打算探索这些村庄时,村庄却在一阵狂风中消失了。和她同时目睹这一景象的还有她的干儿子庸登喇嘛。西方佛学研究者,对这段奇遇大加推崇,他们完全排除做梦的可能,因为没有两个人同做一个梦的可能,他们确信大卫·妮尔由于深谙佛典的缘故,得到神秘哲学的惠顾,让她在一刹那坠入香格里拉密道,目睹了香巴拉王国的风采。

与我们相聚。

已经到第二天了，但是早晨还没来到，我要去坐火车，等出租车的空儿，鲁塞弗邀请我们去他下榻的酒店打发时间，我们可以在他住的那个单间聊天，我很高兴地答应了。

他说："这样，如果你不反对，我们继续聊康威，我想你不会对他的经历没兴趣。"

"虽然我不熟悉康威，但是我一直对他有浓厚的兴趣。"我说，"我上大学的第一个学期末他就离校了。他一直对我很照应，作为一个新生，我觉得他没有必要那么关心我，但是那些平常小事，却始终让我无法忘却。"

鲁塞弗也说："的确，虽然相处甚少，但我也很喜欢他。"

随后大家陷入沉默，气氛令人不安。我们都想起了这个给大家留下深刻记忆的人，对这个人的记忆也不可能因为这么一些偶然的聚会而融合到一起。以后我再见到康威，发现即便是在最微不足道的小社交场，他都能给人们留下非同一般的印象。他是个很了不起的年轻人，我则是在英雄崇拜年代结识了他，他自然给我留下了更加充满幻想的记忆。

康威个子很高，很英俊，除了体育成绩优秀，只要是学校里有赛事，他都能在任何项目中获奖。校长是个感情丰富的人，他曾经评价他的成绩，说"棒小伙子"，他因此便有了"棒小伙子"这个绰号，不是每个人都能得到这种绰号的。我还记得他用希腊语在毕业典礼上演讲，在学校的表演剧中他同样是大家喜欢的出色演员，他的才华、英俊、聪明、体魄是如此协调统一，这种人物只有伊丽莎白女王一世时候有，我们这个时代虽然文明，但是已经没有那样的大才子了。我告诉鲁塞弗我的这些观点，他也赞同，他说："是的，本来就是这样，威兰德这些人可能会用'半瓶水'挖苦这些什么都懂，但是什么都没有很深研究的人，但是我不喜欢威兰德，我看不惯他那种假正经，他很傲慢，你可能也发现了，他有很强的权利欲望，他的'重承诺'、'别传播是非'之类的废话，跟国王的命令似的，我最烦这些人。"

我们再没有说话，坐车经过了几个街区，鲁塞弗又说："总之昨天晚上还是长了见识，关于桑塔司说的巴司库的事情，我早有所闻，只是半信半

香巴拉密境，唐卡，此图正中是佛教传说中的香巴拉王国，周围的八瓣莲花则包括了四荒八极的芸芸众生。此图象征着香格里拉的巨大包容性及其终极精神。

詹姆斯·希尔顿的日记本，其中记录了大量与香格里拉相关的资料。从中可以看出他对东方文化的崇敬之情，很明显，他身处西方文明的幻灭时期，非常渴望从东方神秘文化中吸取价值源泉。

消失的地平线

消失的地平线

疑。这更如一个传奇故事，没必要太相信，即便相信也只是因为有些隐约的真实，但是，现在不能不确信这个传奇了，你能看得出，我不是那种轻信的人。我走了很多地方，明白一切奇异都可能存在，假如见到了就能相信，但是，只是传闻，不应该相信。可是现在……"他显然发现与我谈论这个话题对我并没什么意义，就哈哈笑道，"不过，我是不会和威兰德谈心的，跟他说话与推荐一部史诗给登载小道消息的街头小报一样可笑，我宁愿和你聊聊。"

我说："你过奖了。"

"你写的书让我信任你。"他说。

我没和他们谈论过我游刃于文字游戏间的作家经历，这就如不可能所有的人都去访问精神病研究者的基地一样，但是鲁塞弗对我的了解还是让我惊奇。我告诉他他让我吃惊。他说："对，我一直对这一点兴致不减，我了解康威失去记忆后的郁闷。"

到达酒店，他去办公室拿了钥匙，电梯到5楼时他说："这些话都没用，实际上康威还活着，起码活到了几个月之前。"

在电梯里，时间和场合都不适合议论这些事情，我们到走道后我才说："确实是这样吗？你从哪里得到的消息？"

他在开门，一边开门一边说："去年，11月我还和他乘同一架日本飞机从上海出发，去檀香山。"他说到这里就再没说下去。

我们进屋落坐，他递上饮品和雪茄，又道："你了解我，我

西藏喇嘛向西方游客展示密藏的香格里拉地图。大乘佛教中流传着香巴拉王国的隐秘历史。无论是信仰中的，还是事实中的香巴拉王国都是作为净土之最高理想而存在着。早在16世纪，吉达王子就用藏文写成香巴拉史诗，1775年，六世班禅大师写成《香巴拉王国指南》。大藏经中也能查到香巴拉王国相关的经文。香巴拉无疑是香格里拉的原型，詹姆斯·希尔顿一定研究过古典佛经。在云南中甸一带，有一个意为"心中日月"的词，其土语发音与英语中的香格里拉发音"森吉尼达"毫无二致。比利时汉学家欧雷尔明确指出："西方对香巴拉永恒概念的追索，促成了《消失的地平线》的产生。詹姆斯·希尔顿正是借助香巴拉王国的哲学概念创造了一个神秘诱人的文化范例。"

消失的地平线

这张照片名为《畅销书》,摄于1933年秋天的诺曼底海滩。作者是鲁塞弗,他游历甚广,和詹姆斯·希尔顿交情极深。《消失的地平线》一书就是用鲁塞弗的名义来讲述的。当这本小说在英语世界迅速走红之后,希尔顿有意促销法文版,就请鲁塞弗设计拍摄了这幅极富广告创意的照片用来宣传。书中的上层女子读的正是《消失的地平线》,她的情人则在旁边阅读相关的书评,这张照片在当时欧洲各大报刊上不断出现,对普及"香格里拉"观念作出了不小的贡献。

喜欢四处旅游,去年秋天我去了中国。我和康威多年未见了,也没写过信,我并不总会想起他,除非是刻意在记忆中搜寻,还能记起他的样子。在汉口我去看了一个朋友,随后乘去北平的快车返回。我在火车上邂逅了法国一个慈善组织的女修道院院长,她很可爱,我们聊了起来。她去重庆,她管辖的一个修道院在那里,因为略懂法语,她便很愿意和我不断聊她的工作和一些事情。实际上,我并不对那些教会机构有多少兴趣,只是与现今那些人一样,希望自己能接受他们,好似坚持自己想法的罗马人毫不约束自己,不必在那些士兵面前摆出一副长官架势,不管怎么说,他们很努力。另外,有件事情需要说一说,在和我谈论重庆那家教会医院的时候,修道院院长说有个得伤寒病的人在几周前来住院,她们确信他是欧洲人。那个病人并没有谈到自己,他也没任何证件,他穿的衣服是当地的……当地下等人才穿的,护士们把他带进医院的时候,他病情很严重。他汉语讲得很好,法语也非常好,火车上坐在我旁边的人告诉我在他搞明白修女的国籍前和她们用英语说过话,他说她们的话很标准。我说那实在是不可想象,我很幽默地暗示她不可能去确认无法听懂的语言是否标准,除了此事,其他事情也成为我们聊天时我发挥幽默感的谈资,她建议我去修道院做客,这自然如同邀请我去登珠穆朗玛峰一样,很难实现。但是到重庆后,与她告别的确有些遗憾,我们的邂逅就这样结束了。但是过了几个小时,我又到了重庆,火车在驶

消失的地平线

香格里拉的原型香巴拉王国地图。据藏经记载，香巴拉王国隐藏在雪山深处的某个地方，四周被雪山环抱，分成八个莲花瓣区域，人们居住在城里，城中又有雪山，称内环雪山，其中有卡拉巴王宫。这里的居民有超凡的智慧，不偏执、不痴迷、不贪欲，他们修行最高佛法。

出一、二英里的时候抛锚了，接着费了半天周折才把我们又带回火车站，我们得知正如中国铁路当时总是出现的事故一样，换上的代用发动机在12小时内不会到上海，这就使我们有理由在重庆再周旋半天，因此我打算到修道院去看看那位可爱的修女院长。

"她没想到我真会去，她和她的修女们都对我特别热情。我认为对于一个非天主教徒来说，那些天主教徒竟然能够将那些僵化而刻板的条规和宽容平静的心理协调为一体，这实在是一件不可思议的事情。不过，这没有什么，修士们生活在一起的愉快是无法回避的事实。我还没呆一个小时他们就把饭菜备好了，我旁边坐的是个中国基督教医生，很年轻，吃饭的时候，他把法语和英语搅在一起幽默地和我交谈。饭后他和女修道院院长带我去参观他们奉为事业的医院。

"当她们得知我是作家，居然天真地认为她们都会成为我书中的人。医生一边向我们介绍病例，一边带我们参观病床。这里的管理很好，非常卫生。我当时早把那个能讲标准英语的神秘病人忘了，修道院院长告诉我下一张病床是他时我才想起来。 他仅仅给我个后脑勺，看来他睡着了，或许是一种潜意识，我觉得必须用英语与他交谈。我说：'下午好'，这很自然，我没有想过要先这么问候，但是确实这么说了。他忽然转过脸回应我道：'下午好'。她们说得很对，听他

消失的地平线

香格里拉作为人间天堂吸引了人类的向往之情。云遮雾绕的深山峡谷,富庶的土地,平静的生活,没有恐惧和忧虑,这些都是描绘世外桃源生活的不可或缺的元素。希尔顿充分运用了这些元素,达到了同类作品所能达到的效果。其实,在东方文化里,类似香格里拉的传说就有很多。除了香巴拉王国的直接影响外,希尔顿要创造香格里拉神话,最有可能选择的地方就是西藏,此地雪山圣洁,偏僻高远,难以到达。西方人几乎都深信居住在高原雪峰之间的喇嘛一定具有超凡的能力,这种神话在法国女探险家大卫·妮尔的笔记中得到了强化。香格里拉永远象征着一个安静祥和的净土,很多人宁愿相信它是真实存在的。

消失的地平线

　　雪域西藏处处都是圣地,雪峰峡谷处处都可能是香格里拉。如果香格里拉中那座大喇嘛寺真的存在,它最有可能仿照布达拉宫的样式修成。宏伟的布达拉宫依山而建,山下有繁华的市集。每天拂晓,布达拉宫撩开晨雾之纱,展现雄伟不凡之姿,俯瞰着拉萨。拉萨意为众神之地。布达拉宫是藏传佛教的圣地,是文化艺术的宝库,也是世上罕见的建筑杰作。从五世达赖喇嘛开始,此处就是达赖喇嘛的居所,达赖喇嘛由两个词汇组成,达赖为蒙古语,意为大海,喇嘛意为上人或上师。这个称号开始于万历六年。布达拉宫全部为木质结构,风格鲜明,神圣而高贵。

布达拉宫地形图。传说布达拉宫底部有一条秘密通道可以到达香巴拉王国。有人认为该条通道位于布达拉宫后墙某处。

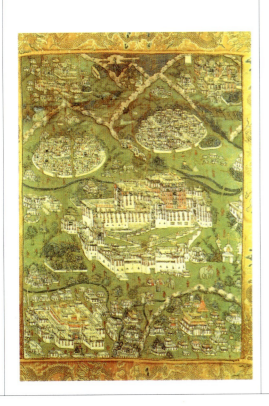

说话就能感觉出他是经过专业训练的,但在我为此惊异之前,我已经确信是他了,虽然他那把胡子很长,长相也与以前大不相同,我们也许久没见过了,但我确信他就是康威。假如我迟疑一下,即便有点大意我也不会确认出他就是康威,但是很幸运,我贸然叫他的名字,把他唤醒,我告诉他我的名字时他尽管没有表现出已经认出我的样子,但我知道自己没认错,他脸上的肌肉微微抽搐的动作我早就熟悉,他眼睛的蓝色也正是我们当年开玩笑说的'剑桥蓝',而非'牛津蓝'。但是,更为重要的是,他依然是那种很容易让人记住、一见就熟的样子。

"修道院院长和医生都为此惊异不已,我说我认识他,这个英国人是我的朋友,他无法认出我来是由于他已经失去了记忆力,他们都很震惊,但是认为我说得对,接着我们花了很长时间讨论他的病症。他们无法解释康威是如何在这种状态下到达重庆的。

"简单点说,我在重庆逗留了两周,期望能够引导他或者找到什么办法挽回他的记忆,但是我失败了,只见到他的身体慢慢康复,我们聊了很多话。我跟他讲我是谁,并告诉他他是谁,他显得很平静,没有表示任何意见和想法,他显得有点亢奋,我感觉他很愿意和我聊天,我说我可以把他带回家,他对此表示出无所谓。这确实不正常,他已然丧失了人的基本欲望。我很快就办妥了回国的事宜,汉口我有个好友在领事馆,因此办护照之类的事情没遇到多少麻烦。因此,我认为为康威考虑,也没有必要传播这件事情,最好不要让报纸把这事当作重大新闻发布,我很欣慰自己避免了这一切的发生,要不然,新闻界可就吵炸了,对他们来说,这可是个重磅报道。 离开中国的路线是通常的那种,先坐船到南京,接着坐火车去上海,恰好那天晚上有到旧金山的一艘客船,我们就赶快上船了。"

我说:"你替他做了许多事。"

鲁塞弗说:"换了别人我不可能这么做,但是他不一样,他给人一种无法言说的感觉,你

消失的地平线

消失的地平线

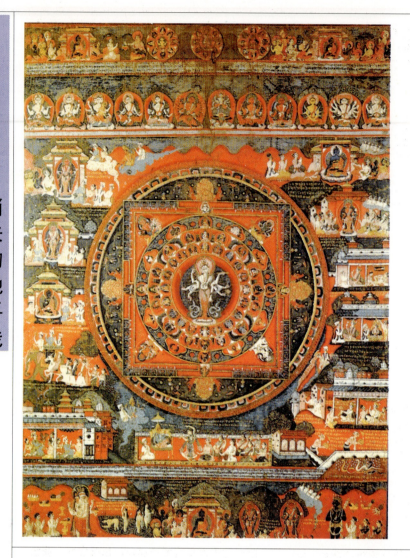

观音转世图。布达拉宫珍藏的著名艺术品。在这幅画的中央是曼陀罗,大慈大悲的八臂观音菩萨居于正中,藏传佛教认为所有继任的达赖喇嘛都是观音菩萨的转世化身。如果香格里拉在藏传佛教普及的范围内,那观音菩萨就是香格里拉的保护神。

无法确定这到底是一种什么样的感觉,但是,你会为了这一点愿意为他做一些事情。"

"对。"我有同感,我说,"他的确有异于常人的吸引力,这种魅力很难抵御,我现在都能记起那个值得回味的形象,在我眼里,他还是那个穿着法兰绒板球运动衣的男生。"

"如果你在牛津就认识他那更好了,他实在很出色,我们都不知道如何才能更如实地赞美他,但是听说他在战后和从前不同了,我也这样认为,我很惋惜,以他的禀赋,该是做大事业的人。在英女王统辖下做个小卒实在算不上什么大事业,但是康威却具备了一个伟人的素养。我们都了解他,我觉得我对他的期望并不过分。再说,虽然我们在中国的中部巧遇时他已经失去了记忆,在此之前的经历也让人无法猜测,但是他异于常人的魅力却不减当年。"

鲁塞弗似乎陷入对往事的回味中,片刻的宁静后他又说:"我想你能领会,我们在客船上重温往事,我告诉他我所了解的关于他的事情,他听得很认真,那样子显得有些滑稽。对于来重庆之后的所有事情他都记得,很有意思的是,他竟然还记得那几门语言,他对我讲述他还记得他

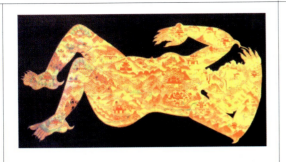

西藏镇魔图。雪域圣地遍布罗刹女仰天偃卧的身体之上,大昭寺处于心脏地带。香巴拉王国的入口必然在她身体范围内的某个隐秘之处。

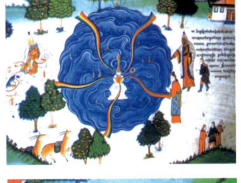

右图为山羊驮土填平卧塘湖建立大昭寺的宗教寓意画。

消失的地平线

与印度有过交往,因为他能讲印度斯坦语。轮船到横滨已经坐满了人,新上来一位叫西甫井的钢琴家,他要去美国演出,路过此地。我们和他一起用餐,他不时和康威用德语谈话,由此可见康威的外向性格,别说他已经失去了记忆力,即便是普通的接触,也无法将他和那些恶劣的行径等同。客船驶离日本几天,旅客们在一个晚上请西甫井到甲板上独奏钢琴,我和康威也去听。他确实很不错,弹得很有水平,我们听了几首勃拉姆斯和施卡拉迪的作品,还有许多曲子是肖邦的。我看了康威几次,都发现他在入神地倾听音乐,他曾经是那么喜欢音乐,曾经有很好的音乐教养。演奏中听众们不断喊着'来一首'、'再来一首',钢琴家很客气地用琴声报答他们,我确信那些钢琴的崇拜者就在这个小演奏会上。他很喜欢肖邦的曲子,又弹了几首肖邦的曲子后他离坐向后门走去,那些为他迷狂的人们跟在后面,而他已经弹得够多了,突然情况变得异乎寻常,康威竟然走到钢琴前坐下来,他弹了一首轻松愉快的曲子,我无法判断是谁的作品,但是西甫井被打动了,他回到甲板上惊异地问这一曲的曲目,康威样子怪怪地想了片刻,说不知道。西甫井大叫着说不可能,看得出他很振奋。康威则在尽量回想,最终说是肖邦的一首练习曲。我认为这不可能,西甫井保证说这并非肖邦的曲子时,我没感到奇怪。但是康威却因此变得躁动起来,他很生气,我没想到他会如此,在这之前他从没对哪件事情体现出认同或反对。西甫井解释说:'我的朋友,我熟悉肖邦的所有作品,我确信他的确没有写过你适才弹的曲子。或许他会写这首曲子,毕竟这曲子的风格与他的无二,但他确实没写过这一曲,我希望你能告诉我这曲子哪一本乐谱书上有。'康威的回答无法让人怀疑,他说:'哦,是这样,这曲子不是从出版物中发现的,是肖邦的一个学生,我从他那里得到这曲子的,还有一首未面世的肖邦的曲子我也是跟他学的。'"

消失的地平线

俄国探险家雷西里,他的名著《光明之境》创造了一个类似香格里拉的神圣地界。他也曾在雪域看见过香格里拉的幻想之城。很明显,希尔顿阅读过他的作品。

俄国探险家奥圣多夫斯基和一位中国老人的合影。他是彼得堡大学的地理学教授。他立志要找到香巴拉王国。他在藏经中找到了许多与人类早期历史相关的记载。他确信香巴拉王国的隐秘历史就是人类远古文明史。这些资料包括大西洲沉没的时间,雷米利文明与香格里拉的相互联系,以及南太平洋上的穆大陆传说的证据。

鲁塞弗看我一眼,示意我别打断他,他继续说:"我不知道你是否爱好音乐,即便你不爱,我也相信你能想到康威又弹了这首曲子时西甫井和我的兴奋。我突然发现了他神秘的过去在这一瞬间一晃而过,这是寻找他丢失的记忆的第一个线索,西甫井显然被这个音乐专业的新现象困扰了,这的确让人吃惊,1849年肖邦就逝世了。这件事情就是这么不同寻常,我有必要声明,当时起码有10个人在场,有一个还是加利福尼亚大学声名远播的教授。不过,从时间跨度上看,康威解释的事情根本就不可能存在,但是这曲子本身就是需要研究的佐证。假如这两段曲子不是康威所说的肖邦的练习曲,那它们又是什么呢?西甫井反复肯定只要这两首曲子确实发表过,半年内早就列入钢琴家们的保留曲目了,虽然这话说得过头些,但是证明了西甫井对这两段曲子的肯定。他们讨论来讨论去,始终没确定谁对谁错,康威一再肯定他自己的话,看到他一副很累的样子,我赶紧带他走开,安排他休息。我们最终决定用留声机把这些音乐录制保留。西甫井说到美国后就安排演出事宜,康威应约参加他的音乐会并演奏曲目,但是他却失约了,这实在是一大遗憾。"

鲁塞弗一看手表,说还早呢,来得及赶火车,实际上他的话也要收尾了,他继续说:"那场钢琴独奏使他找回了丢失的记忆。当天晚上我们躺在床上,我无法入眠,他便来到船舱,神情严肃,显得很忧伤,那是一种非同寻常的,但却是普通人都会有的忧伤,我想你能明白我的话,我是说,他那种黯然或者说木然的样子,显得无奈,还有些失落。他说想起来了,关于他的一切,是西甫井的钢琴声唤起的,尽管记忆若隐若现,有些已然变成了碎片。他一直坐在我的床边,我没打断他,我想他能逐渐回想起自己,并以他认为任何合适的方式讲述过去。我告诉他他能找回丢失的记忆让我振奋,但是希望他找回的不是他不希望记忆的往事。他望着我,我认为他这样说是在恭维我,他说:'感谢上帝,鲁塞弗,你的想象力太丰富了。'片刻,我和他都穿好衣服,一起到甲板上去散步。星空很宁静,天一点都不冷,大海像凝固的牛奶一样,洁白、柔滑地铺展在眼前。如果没有机器的轰响,我们甚至怀疑自己是在广场上散步,康威很自如地讲述他的过去,我没有打断他,也没有问什么,他是在天将亮的时候开始讲的,讲个不停,到吃早餐的时候才讲完,这时太阳已经升起很久了。我说的'讲完'不是说他之后再没和我谈别的事情,这天后,他又花了一天一夜的时间给我讲述了许多非同寻常的重大事件。他为睡不着觉而烦躁,因此几乎就没停止说话。第二天,船在半夜里到

了旧金山，那天夜里我们在船舱里喝酒闲聊，他是在10点出去的，之后再没出现过。"

"你的意思……"我立即想起一副从容自杀的景象，我在霍里司托到金斯屯的轮船上碰到过这事。

鲁塞弗哈哈大笑："上帝，他可不会做这种事情，他是在我不注意的时候悄悄走掉的，他会很轻松地上岸，假如我安排人去寻找，他肯定会察觉，而且躲不掉，我确实安排人找了，后来我才知道他费了好多周折到一艘南航到斐济的香蕉货船上做了船工。"

"你的消息都是从哪里得来的？"

"很简单，他在3个月后从曼谷给我发来一封信，同时寄给我一张汇票，他说不希望我为他花费，他很感谢我，他说他过得不错，正准备一次长途旅行，在西北方向，他就说了这么多。"

"我不明白他的意思。"

"的确无法让人明白，曼谷的西北有许多地方，包括柏林，他说得确实够笼统的。"鲁塞弗为我的杯子加满饮品，也给他自己加满。

我说："这实在难以让人置信，也许是他故意把事情渲染得这么奇异，这自然没法知晓了，虽然乐曲问题如此神秘，但我感觉最奇异而神秘的是康威怎么就到了

美国探险家、植物学家洛克在美国国家地理协会门前的留影。他是在香格里拉地区最负盛名的探险家。他长期在云南考察，他领导的探险队的总部设在丽江雪域的缓坡上，共有3座大雪山环绕着。他于1924年发表的日记深深地吸引了希尔顿。下图是洛克的卫队，他们是10名纳西族武装少年，装备的是奥地利步枪。没有这些地方武装力量的保护，洛克的任何探险都不可能实现。

消失的地平线

消失的地平线

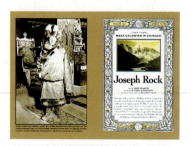

上图为当年《国家地理杂志》为洛克的探险日记做的专题报道。木里国王曾经保存过相关的杂志报道，后来毁于火灾。

右图为洛克在香格里拉地区遇见的某位蒙古王族的合影。早在元朝初期，蒙古人就对香格里拉地区的文化施加了重要影响。

下图为洛克的飞机在雪山脚下降落后引起的轰动场面。令洛克惊奇的是，雪山深处的土著人也知道飞机这样的文明产物。木里国王曾问他："飞机在华盛顿上空飞翔时，能不能看见中国。""乘飞机能到达月球吗？"

那个中国的教会医院?"

鲁塞弗说:"实际上这是同一个问题。"

"可是,他是怎么到重庆的?"我问,"他那天晚上在轮船上没有跟你讲?"

"他讲了很多,但是我认为很荒唐。我已经讲得够多了,其余的都是不能说的,那可是个很长的故事,你还要赶火车,略微讲一下都来不及了。但是,还好有个很简单的办法让你了解。我从来不认为自己会进行写作,但是康威,他的经历的确够味,我不断回想他的讲述,我将客船上他的谈话整理了一下,做了记录,那些很详细的特殊感受我可没忘记,结果这个故事中的一些片段控制了我的感觉,我有一种上进的冲动,这使得我把那些零零碎碎的故事整理得逐渐完整了。哦,我的意思不是说我在这故事的基础上添加了一些虚构,他讲的事情够丰富了,他说话流畅,对于当时的环境和氛围表达得非常到位,另外,我认为我慢慢变得非常了解他了。"鲁塞弗一边说一边站起来去取一个公文包,他从包里取出一叠打印稿,他说,"你拿着,这个东西,你看着处理吧!"

"你给我这个,不是想通过它来证明这个故事的真实性吧!"

"别早下结论,我想提醒你,假如你肯相信,那么它只是验证了那句老话——世界上任何事情都有可能发生,你应该记得,或许我的比喻还算恰当,我想,你会告诉我你对这件事情的看法。"

我带着这本手稿上了火车,在疾驶的列车上读了大半。我原准备到达英国就给他写封长信,连同稿件寄给他,但是在把信寄出之前,鲁塞弗却给我来了封短信,他说他又打算去周游世界了,数月内无法确定地址,他说他打算去克什米尔,即"东方"。我认为这太正常了。

消失的地平线

第一章
劫机飞越高山和峡谷

消失的地平线

　　5月中旬，巴司库的形势非常紧张，从白峡洼派遣来巴司库转移白人侨民的军用飞机在20号都到达了。这些侨民大概有80余人，多半人都乘军用飞机安全飞过了高山和峡谷，几架式样各一的普通飞机也被派来执行任务，其中有一架是印度单达泊的首领借给空军的小型客机。大约是早晨10点钟，4名乘客登上这架飞机，这几个人是东方传教社的罗伯特·卜琳可萝小姐，美国人亨利·巴那德，领事霍夫·康威，副领事查尔斯·玛里逊上尉。后来这些人的名字都经印度与英国的报纸发布出来。

　　康威当时37岁，他已经在巴司库两年了，以他所经历的看他的工作，好似赛马场误下的赌注，丢不是，不丢也不是，但到此他的人生开始中断。本来他将在几周后或者去英国休假几个月后被派驻到其他的地方，比如东京、德黑兰、马尼拉或者马斯喀特。他这种职业总是前途未卜，10年的领事馆生涯已经证明了他的工作能力，他明白自己即将面临的机遇。他自知那些你争我夺的职位与自己无缘，为此反觉心安，并非如那只吃不到葡萄的狐狸一样仅仅安慰一下自己而已。他更喜欢从事那些相对自由并能带来快乐的工作，哪怕待遇低一点，一般还不是人们认为的正经工作，这就显得他在人们面前太一般，甚至无能，但是他自己感觉良好，毕竟10年来他自觉还蛮充实快乐。他个子高而健壮，古铜色的肤色，灰蓝色的眼睛，棕色的短发，有时候他很严肃、忧郁，但是高兴的时候跟个孩子似的。高度紧张或者喝了太多的酒，他左眼边的肌肉会微微抽搐，撤离前他整夜都在整理并销毁一些文件，到上了飞机，他眼角抽搐得特别显眼，看来他是累垮了。

洛克在开满鲜花的巨大的杜鹃花树前留影。这种了不起的花竟然可以长成如此粗壮的植株，令身为植物学家的他也大吃一惊。他的日记中多处记载了杜鹃花的身影。他写道："我们进入一片云杉和铁杉组成的森林，又跨过结有薄冰的白水台一线，这些地方都长满杜鹃花。""我们在树林中穿行，随处可见杜鹃花和竹子，松软的雪铺在地上，像踩在地毯上似的。"

在香格里拉地区，溜索是越过山谷和激流的最理想工具。洛克写道："经过一阵喊叫和鞭打之后，骡子终于被套上溜索，运过了渡口，货物也安全运抵对岸。由于只有一条溜索，所有人来回几十次才摆渡过了这条湍急的河流。"可想而知，香格里拉需要专门的运输队才能保证对外面物资的采购。书中的主人公也才有等待马队将他们带走的渺茫希望。

过良好教育，公立学校出来的学生就是这种样子，但他也有长处。他因为考试不合格而选择去巴司库，他和康威在巴司库交往了6个月，康威比较喜欢他，但是不喜欢把时间消耗在和他闲聊上。

康威懒懒地睁开眼睛回答他："飞行员自己知道朝哪里飞。"

约半小时后，他越发疲劳，再加上飞机马达的轰鸣，他困得几乎睡去，玛里逊又一次把他弄醒说："康威，我感觉，我感觉不是斐那在驾驶飞机！"

"什么？他不在驾驶舱？"

"刚才那家伙转了一下头，我敢保证不是斐那。"

"说不准，有玻璃挡着。"

"斐那的脸我在哪里都认得出来。"

"哦，那你说他会是谁？或许是其他的人，这很重要吗？"

"但是斐那跟我说这架飞机该他驾驶！"

"或许，他们另有安排，他去别的飞机上执行任务了。"

"那你说那人是谁？"

"哦，老兄，我可不知道，我能记住每个空军飞行员的脸吗？"

"我可对他们很熟悉，但是这家伙让我感觉陌生。"

"或者，他正好是你不认识的那一位。"康威笑道，"马上到百峡洼了，你可以去和他打个招呼，认识认识他。"

"问题是这样飞肯定到不了百峡洼，航线整个偏离，还飞得这么高，连到哪了都看不清楚，妈的！"

康威倒没那么多顾虑，飞行对他来说都成家常便饭了，他认为这些都很自然。再说，他又不急着去百峡洼办什么非常重要的事情、见什么非常想见的人，因此，飞6个小时和飞4个小时对他来说都一样，他又没结婚，百峡洼也没有温柔乡吸引着他，倒有几个朋友，他们中会有人和他一起去夜总会

现在令他欣慰的是他被派遣到了这架专门为印度首领定作的豪华客机上，而非塞满人的军用飞机。飞机逐渐进入高空，他挪动着身子调整一下，使自己坐得更舒适些，他很能适应各种恶劣环境，几乎想不到自己需要哪种更优越的生活来弥补吃过的苦。他很兴奋，虽然明白去撒马尔罕的旅程极其辛苦，但是毕竟可以在如此舒适的飞机上从伦敦飞到巴黎。

一个多小时后，玛里逊说他发现飞机的航向并非直线，说着便到最前排坐下。这个20岁的年轻人是棕色皮肤，脸上微微泛着粉色，他是个很聪明的人，但是看得出，没受

消失的地平线

消失的地平线

洛克身着当地人的服装拍摄的照片。作为自由摄影家,洛克在香格里拉地区获得了灵感,他拍摄的人类学照片不仅具有研究价值,而且具有观赏性,每幅作品都有一种神秘的气氛。他用文字和照片表达他的敬畏之情,他写道:"在这里,在这些遥远的几乎无法到达的山谷中,我看见许多的野生动物,它们都不怕人,一切都像伊甸园那么平静。此地6月份冰雪也不融化,花儿就开放在雪中。"洛克的行程是艰难的,他组织的队伍也极其庞大,动用46头骡子和20几个纳西族壮年人,备够7个月给养。每次成功探险之后,他就杀两只雄鹰来庆祝,其中有两只鹰的标本如今还保存在哈佛大学的博物馆。

喝酒,这种闲适自然让人向往,但还不足以让他为之而迫切以赴。

当他回忆过去10年令人愉快却不非常理想的生活,没有那种怀旧的感觉,他感觉那10年变故不断,好容易争取到瞬间的闲适却依然无法排除极不稳定的状态,世界局势也是如此。巴司库、北平、澳门以及另外那些他常去的地方他都能回忆起来,最古老的回忆是在牛津的时候,他在战后曾回那里做过教导工作,那几年他教的是东方历史,在阳光笼罩的图书馆翻找尘土覆盖的资料,在校园里推着自行车慢慢地走,往事历历在目,很难忘,但他不再有感动,他依然感觉自己还活在过去。

飞机开始倾斜,他习惯性地意识到飞机要降落了,他本想逗逗玛里逊,拿他疑神疑鬼的样子开开玩笑,但这家伙突然站起来,脑袋狠狠地在舱顶上撞了一下,他一下把过道那边座位上打盹的美国人巴那德惊醒了,他惊呼道:"天哪,快看!"

康威也看到了,出乎他的预料,他看到的不是组成几何图案的整齐的营房和开阔而宽长的停机场,他看到一片浓雾笼罩着一片太阳暴晒而形成的红褐色荒原。虽然飞机在急速降落,但比常规飞行的高度还是高得多。他坐的那个位置可以分辨出若隐若现、海涛一样起伏绵延的山脉,它

消失的地平线

藏族的羌姆面具非常奇异迷人。这是藏传佛教寺院最隆重的祭典之一。当年莲花生从尼泊尔入藏传教，兴建密宗桑耶寺，经常举行庆典，羌姆舞作为威仪形成了。羌姆面具的制作，严格遵守佛教造像的规定。藏传佛教的诸神图像有两套系统，一类是善静之态，称"寂静像"，另一类作威猛状，称"愤怒相"。羌姆面具遵循后者的套路。

洛克摄于20年代的云南地方戏照片。该戏班设备简陋，很难表现更大的主题，戏目不丰富。从照片看，可以看出汉族戏剧和当地戏剧混合的痕迹。

消失的地平线

们看起来距离笼罩着云雾的山谷仅仅1英里，虽然康威从来没有在这个高度俯视过，还是能看出这一带的边疆风味，这种景观让人莫名并过目不忘。凭直觉他认为他们现在在百峡洼附近。

"我实在瞧不出到哪里了。"他似乎在自言自语，接着，为不引起别人注意，他凑到玛里逊耳边悄悄说，"你说得对，飞行员迷糊了。"

飞机下降的速度非常可怕，越接近地面，空气越热，地面好像熊熊燃烧的火炉一样炙热，连绵的高山自地平线上拔起，轮廓清晰险峻，飞机正从山峰上擦过去，穿过一个弯弓一样的狭长的山谷，山谷里岩石密布，枯竭了的河床到处都是，谷底好像是撒了一地栗子壳的地板，飞机在半空中左摇右晃，让人感觉如同身在浪尖上的小船里一样难捱，4名乘客被迫拼命抓紧座椅。

"看样子他要着陆了！"美国人喊着，声音沙哑。

玛里逊说："他怎么会在这地方着陆？除非他疯了，他这么干飞机要坠毁的……"

但是，飞机的确着地了，飞行员的技术很娴熟，飞机颠簸着滑翔在一条小溪边的空地上，稳妥地停了下来。

接着，不可思议而使人担心的事情发生了，一群头上裹着布的大胡子土著人围拢过来，他们围在飞机边，除了飞行员，阻止其他人下飞机，飞行员下了飞机，他跟那些土著兴奋地交谈着，显然，他绝不是斐那，也不是英国人，他恐怕连欧洲人的边都沾不上。他们从就近的油料库搬过来几桶汽油，把汽油统统倒入巨大容量的飞机油箱里。4名被困的乘客在飞机里愤怒地喊叫，但是那帮人却满脸都是嘲讽的冷笑或漠然，假如他们尝试下飞机，即便是最小心的行动也会招惹20条枪过来对准他们。虽然康威略懂当地的普什图语，但是他的大声喊叫和解释都不管用，他说他懂那些语言，试图和飞行员谈谈条件，但这孙子却仅仅挑战似地把他的左轮手枪晃来晃去。正是中午时候，

电影《消失的地平线》的招贴画。画中主体建筑为好莱坞想象的香格里拉王宫。这跟书中描绘的景色不一致。

太阳直射在机舱顶部，炙烤得机舱里又闷又热，让人无法透气，声嘶力竭地想分辩出个是也使4个人疲劳之极，他们都感觉眩晕得几近昏迷，但是一点办法都没有，转移的时候他们按命令并没带任何武器。那些土著人把油箱装满，拧紧盖子，又从机窗外给他们递进一个装着温水的油桶，虽然看出他们并无敌意，但他们却拒绝回答任何问题。飞行员和那些土著说了半天后，返回机舱，一个帕坦人动作别扭地在发动飞机，他转了一下螺旋桨，飞机开始隆隆地启动，从这么一个窄小的地方，又载着这么多的汽油，但是起飞却比降落看起来更加娴熟轻巧，飞机又腾空而上，进入云雾迷蒙的高空，接着掉转方向，往东，好像是在调整航线，已是午后时分了。

这实在是一件奇异而不可思议的事情！他们被清凉的空气激醒时，简直无法确信曾经发生过刚才这种事情。这种恶劣的事件，在局势复杂的前线的各种动乱中再也找不出第二例来，甚至在历史上也没有先例，假如他们不会在这个恶劣事件中丧生，任何人都会吃惊。疑虑使人愤怒，这很正常，但愤怒带来的却是焦虑和难以预测的现状，玛里逊认为他们一定是遭遇到敲诈赎金的绑架者了，

木里王照片，洛克摄于20年代。洛克写道："木里王的祖先据说对皇帝忠贞而被封为王。他管辖的地域比马塞诸萨州还大。王位是世袭的。虽然他们是当地的至尊，但他主动将自己的权力局限于民事和审判范围内。""我的骡队到来后，我前去拜访木里王。木里王宫是一座木质结构的宫殿。喇嘛王向我致意，请我入座。他的身后开了一扇窗，光线直射进来，我非常吃力地才辨认出他逆光的高僧面目。"木里王大约6英尺高，30岁上下，头很大，额骨很高。他气质高贵，表情和蔼，笑声柔和，手势优雅。

大家都认为再没有比这更令人信服的推测了。他们的办法虽然老套，但事情却做得干净且与众不同。但是想到这类事情并非他们才遇到过，4个人的心理多少平衡了些，想想以前那些绑架事件，大部分不都是很好的结局吗？他们最多被这些土著人在山洞里关上一段时间以强迫政府付足赎金，再把他们放了，他们最终会得到公正，何况那些赎金又不出自自己的腰包，惟一的麻烦是得因此遭遇到些尴尬，最终会有空军部队派遣的一支轰炸中队把他们安全空运回去，这样，在他们的经历中便有了一个传奇而惊险的故事可以讲述。这是玛里逊的看法，但是他跟大家讲述的时候还是显得很不安。美国人巴那德的回应近乎揶揄。

他说："我说先生们，我能肯定这或许的确是很明智的构想，但是我可没发现你们的空军有过多少战绩。你们英国人经常拿芝加哥等地发生的劫机案件开涮，可我却没有听说过有哪个家伙操着枪把山姆大叔的哪架飞机给强行开走了，让我疑虑的还有，这个家伙把那个原装的飞行员给搞到哪去了？我发誓他一定给装到一个大袋子里了。"

他说完打了一个哈欠，这个美国人又高又胖，硬朗的脸上那些皱纹纵横得令人发笑，但那对显得消沉的眼袋也格外醒目。人们在巴司库对他了解很少，只知道他是波兰来的，有人估计他的工作跟石油沾着边。康威则在忙碌更现实的事，他让大家把身上带的纸片都找出来，他用各种当地的文字在这些纸条上写上紧急求助的话，飞一段就往地面上抛下几张，虽然这一带人烟稀少，这种做法几近徒劳，但是还应如此努力一下。

卜琳可萝小姐抿嘴端坐着，几乎不说话，也无埋怨，这个又瘦、个子又不高的女人显得相当坚强，她那样子好像是正在被迫去赴一个不愿接受的宴会。康威也没空和其他两个男人交谈，将救援的请求翻译成当地文字可是非常费脑筋的事情，但是，对于别人的提问他依然回应，同时不情愿地赞同玛里逊所说的"绑架"，而且，相对来说，他倒不反对巴那德责难空军。

他说："这很自然，发生这种事情的过程并不难推测，局势这么混乱，两个都穿着航空服的人的确很容易混淆，这奇怪吗？不可能有人不会相信一个技术高超还穿着制服的人。他准是掌握了一些情报，

木里王服饰上的花纹。他着刺绣的天鹅绒藏靴。

消失的地平线

消失的地平线

洛克镜头中的木里王宫，它处于一片空谷中，宁静而从容。希尔顿构思香格里拉时，从这些照片中吸取了描绘空谷居民的灵感。洛克写道："由于大部分领地都是山区，可以耕种的田地极少，大约有22000名谦卑的臣民，木里是由340间房屋组成的喇嘛寺庙，有700个喇嘛。其他相距几座山的地方还有两座喇嘛寺，木里王在这3处寺庙轮流居住，每个地方住1年，木里的喇嘛信奉藏传佛教的黄教。""不久，木里王拿出一些发黄的旧照片，照片上有华盛顿白宫的一个餐厅，还有英国的城堡、挪威海湾、第一次世界大战前的德国啤酒馆。""木里王国盛产黄金，使他们有资金采购外界的物品，他们对西方生活的某些方面有所了解。"洛克笔下的一切，都让希尔顿着迷，他笔下的香格里拉几乎克隆了洛克笔下的木里王国。

像……暗号之类的，显然，他对驾驶飞机很在行……另外，我认为你说得对，这事确实会使一些人倒霉，你可以确信有捅乱子的人，虽然我不认为是他。"

"哦，是的是的。"巴那德说，"你真了不起，能这么分析地看问题，看出问题的两面性，这显然是最好不过的认识了，即使你明知道上当了也该如此。"

康威太了解美国人了，他们说话总是那么自以为是，还不得罪人，他不在意地笑着，没有言语，感觉很累，满脑子都缠绕着可能随时来临的危险，却无法排除更无法摆脱的累。巴那德和玛里逊争论到下午很晚了还没停，开始康威还能听进去一点，但当他们征求他的见解时才看到他早就沉睡了。

玛里逊说："看他累得，熬了几周了。"

巴那德问："你们是朋友？"

"我们都在领事馆，只是凑巧，我发现他有4个日夜没睡过了，其实他能跟我们一起困在这个鬼机舱里算我们走运，他不但懂得很多种语言，还懂得怎么和人交涉，假如有人可以协助我们脱离险境，这人恐怕只有他了，只是，他对许多事情都过于恬淡。"

巴那德说："那让他好好睡一觉吧！"

"我感觉，他非常像一个勇士！"沉默的卜琳可萝小姐忍不住冒出句话来。

但是康威并不觉得自己有多勇敢，他非常累，虽然闭着眼睛，但他其实没睡，飞机飞行的震荡他能感受得非常清楚，他甚至听到了玛里逊在称赞自己，他内心有些飘然，同时还非常担心，他觉得胃里非常难受，精神紧张总使他身体出现这种反应，他凭曾经的经验和记忆，自知把冒险当作享受去做却非自己的向往。目前的情势相对来说还是触动了他的兴奋点，是那种低沉而颓唐的心理环境将要得到一次升华的激动，但他不会因此去游戏生命。12年前他就反感法国所经历的那种战壕中的血腥冒险，其中几次能保全性命完全是因为他刻意抵制毫无结果的冒险，就连他那货真价实的勋章也不都是凭勇敢和胆识赢得的，而是脑力消耗得几乎殆尽才训练出的耐性带来的。从战事降临他就对遭遇的任何危险都反应冷淡了，除非与危险同时降临

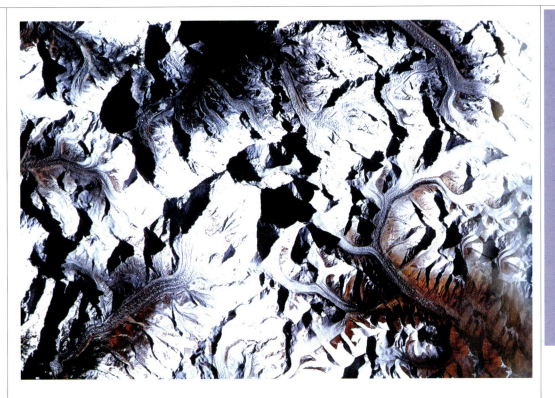

圣洁的喜玛拉雅山群峰被一个美国宇航员从一个全新的角度征服了。从太空上看下来，如此气势磅礴的风光是摄人心魄的。香格里拉是否隐藏在这个神秘的冰雪世界中呢？本书的几位主人公从空中飞过喜玛拉雅山时，有可能目睹过同样的奇景。

消失的地平线

的是极度的恐怖。

闭目间玛里逊的话让他感动又很颓唐，他生来就靠勇气来平衡内心，他觉得自己现在太缺少激情和男人气了，他认为每个人现在的景况都非常不妙，很难堪，他自己不但缺乏胆识勇气，甚至非常反感、也非常焦虑将面临的麻烦。他料想自己在有些时候必须遵循预想来决定怎么做，拿卜琳可萝小姐来说，作为一个女人，她比别人更关注这事，他怕自己会做出出格的事情来。但是当他佯装着刚刚睡醒的样子时，睁眼最先和卜琳可萝小姐交谈起来。他感觉她不年轻也不够漂亮，还不值得尊崇，但也只有在这种窘迫中这种人才显得特别可靠，只有这种境遇才能使这些人迅速挖掘出自己的潜能并成功运用。他也为她担忧，他已经发现玛里逊和那个美国人都不会恭维传教士，特别是女传教士，虽然他自己不是有任何成见的人，但却怕她会难以接受他的直率，甚至会觉得难堪。

他对她悄悄说："你看，我们显然陷入无法进退的古怪困境了，不过我非常欣赏你此时的冷静，我认为事实不会像想象中那么可怕。"

"假如你有能力排除，困境自然会消失

消失的地平线

一支美国探险队在喜玛拉雅山的稀薄空气中艰难地行进,他们不带供氧设备。他们此行是为了寻找《光明之境》一书中描述过的香巴拉王国,同时探索相关的科学领域。

的。"她的话的确不能给他安慰。

"我得了解我们如何去做才能让你不觉得有什么负担。"

巴那德赶紧接过话去,"不觉得负担?怎么会这么想?我们自然不觉得有什么负担,多愉快啊,我们在旅行中享受,很遗憾的是缺少扑克,否则,我们可以玩两局。"他声音有些嘶哑地喊道。

尽管康威不喜欢打牌,但很欣赏他的乐观。他笑道:"我觉得卜琳可萝小姐不想打牌。"

但是女传教士却回头很轻松地反对他:"我还真想打牌哩,我从来不认为扑克牌有何坏处,再说,从《圣经》里也找不出不应打牌的规定。"

大家都笑了,好像非常感谢她给他们一个理由,不管怎么说,康威不觉得她有什么不正常。

一下午飞机都在弥漫着轻雾的高空中飞行,因为一直处于高空,根本看不清地面,偶尔过一段,柔纱似的薄雾间断地散去,这时候隐约能看到下面锯齿一样起伏的山峰轮廓,以及说不出名字泛着水光的河流。从太阳所处的方位还可以大概估计出飞机依然在往东飞去,

有时候稍微偏北,但是,真正要判断出飞机的目的地还得知道飞行速度,这是康威无能为力的。能够想象这架飞机已经耗去了非常多的汽油,但是这得看具体情况,虽然康威不懂飞行技术,但他确信无论这个飞行员是谁,必定是非常懂行的人,这可以从他能把飞机安全地降落在密布着岩石的沟谷里判断出来,随之出现的情况也能证明这一点。康威总是控制不住那种自始至终无法排除的情感,一种他与生俱来给过他荣誉、优越感和不能否定的能力的情感。他已经非常依赖他人对自己的依赖,这使他一想到那个人将不依赖他,也没有必要依赖他,他就能冷静下来,哪怕是此后更糟糕的险境他也无动于衷地清醒,但是,康威不希望同行者和他共享这种不可言说的情感,他清楚,他们比自己更有理由焦虑。

像玛里逊,他已经在英国订了婚,而巴那德大概也结婚了,卜琳可萝小姐需要工作、需要度假期。不管从哪个方面看,玛里逊又是最不稳定的,时间越久,他越显得激动、神经质,已经开始看不上康威满脸的冷漠和平静了,本来他是非常欣赏他的冷静并私下称赞的。

不久,在飞机的轰鸣中他们开始拼命争

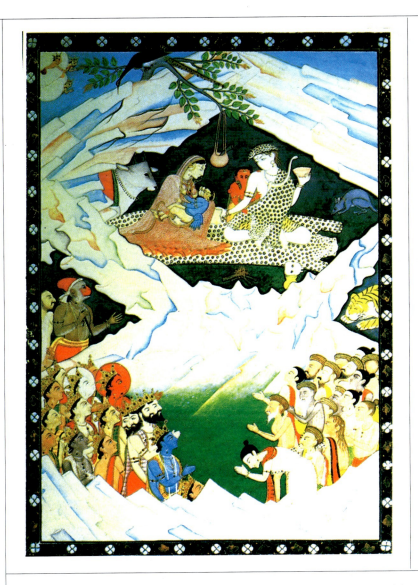

早期佛经传说吐蕃第一位赞普刚到吐蕃时,当地人认为他是天神,祭祀神山的土著人奉他为首领。古老的藏经描绘了一个非凡的空间王国:"天为中央,地为中央,国为心脏,冰川如孕妇,所有江河如同头顺。高山特高,大地特别净洁。在此地,人生来就圣贤,风俗纯淳,马匹奔驰如飞。"许多探险家都认为这是香格里拉特征。他们相信香格里拉人奉所有山洞为地之肚脐,通过"地之肚脐"的秘密通道必可到达香格里拉。

消失的地平线

论。玛里逊在发火:"看哪,看哪,我们能眼睁睁看着让这个疯子把我们随意处置吗?就想不出个办法不用破坏挡板并把那家伙揪过来吗?"

康威说:"哪里有丝毫的办法啊,他带着武器,而我们没有,再说,我们中也没人懂得驾驶飞机。"

"我想没那么难吧,我可以保证你能行。"

"我说玛里逊,怎么总把我和奇迹联系在一起?"

"算了算了,我已经够上火了,咱们能眼看着这家伙横行?就不能让他将飞机降落?"

"你说呢?"

玛里逊越发暴躁:"看哪,他不就离我们6英尺吗?不就在眼前吗?我们三个对付他一个不够吗?我们就只能这样看着他这恶心的背影发呆?起码我们得逼他告诉我们真相吧。"

消失的地平线

圣雄甘地。他领导印度进行不合作运动，最后迫使英国承认印度独立。他多次以绝食方式来谋求印度人民的团结和宗教宽容。

希尔顿的《消失的地平线》合理地运用了南亚的政治冲突作为时代背景，为主人公飞往香格里拉安排了合理的机会。当时的局势是1932年初，印度国大党意识到英国故意拖延印度主权问题，于是扩大了不合作运动规模，造成双方激烈冲突，英国采取镇压行动，南亚一片混乱。本书主人公奉命从南亚撤离。

"那就照你说的试试看。"康威几步走到隔开客舱与驾驶舱的挡板前。驾驶舱在飞机前端略高处，一块约6英寸的方形玻璃板能够推拉开来，飞行员只要转一下头就可以从挡板那里微微俯下身子和乘客交谈。康威弯指敲敲玻璃挡板，几乎和他预想的差不多，舱内的回应非常揶揄滑稽，玻璃推开处，他操着左轮手枪用枪管对他挥了一下，几乎没说话，康威只好不去和他较量，返回原座，玻璃挡板随即合上。

静观其变的玛里逊非常不甘心，他叨叨地说："我觉得他不可能真会开枪，或许只是吓唬吓唬你罢了。"

"你说得对，"康威赞同道，"不过，这一点你去验证最合适。"

"我认为大家该反抗这种行为，不能坐以待毙。"

康威同意他的看法，红衣战士社组织的活动和校园里的历史书给他脑海里种植了一种性格，那就是毫无畏惧、毫无妥协、战无不胜的英国人的传统。他说："时机不到，又没有十足的把握就草草进攻是很愚蠢的，我可不想当这种英雄。"

"精辟，精辟。"巴那德显得非常热诚，"在你受到控制的时候，你只能任人摆布，默默忍受，而我却想活一天就赚一天，赚一天就快活一天。给，来支雪茄，但愿你们没有预测到还会有什么意外的不幸将和我们遭遇。"

"我无所谓，只怕影响到卜琳可萝小姐。"

巴那德赶紧纠正道："抱歉，小姐，我可以吸烟吗？"

"没关系！"她非常善解人意，"我虽然不吸烟，但雪茄味对我颇有吸引力。"

康威认为这是女人惯常的话，卜琳可萝小姐是其中的佼佼者，不管怎样，躁动的玛里逊总算安静了一点，为了显得友好，他给康威一支烟，但自己却没抽。

"我明白你的感受。"康威软软地说，"将要发生的事情对我们来说，非常糟糕，应该说特别特别糟糕，我们没有更多的办法去解决这种事件。"

"不过，说不定还是个好事情。"他忍不住补充一句，他依然很累，虽然不是很明显，但是他身上还是有一种人们通常认为的"懒散"，不到万不得已，没人有本事去解决更难解决的事情，也极少有人会如人们所希望的负起责任，他本来对身体力行没有那么多的热诚，也更愿意回避责任，从他说话做事就可以看出来，他往往能很微妙地平衡这两种关系。但他向来爱算计着把那些具体的事宜交付给那些更能胜任，或者做得更出色的人，从某种意义上看，显然是这种小智慧帮他在服役期间得到荣誉的

据藏经记载,古吐蕃人的祖先是猕猴和岩罗刹女的后代。猕猴是观音菩萨的弟子,他在雪域修行时,被岩罗刹女骚扰,后与岩罗刹女结合生下儿女。他的后代又与母猴交配,生下数目众多的后代。最后,这些古吐蕃人吃了观音菩萨赠赐的5种粮食,才形成了真正的吐蕃人。希尔顿熟知这段传说,他在小说中特意安排主人公进行一段对话,暗示达尔文的进化论并非新发现,而是古已有之的说法。

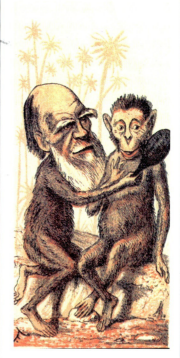

进化论刚发表时,遭到极大的误解和嘲笑,本图就是当时的讽刺漫画。

消失的地平线

同时却付出了少于预料中的风险。目前他没有信心,也没有勇气把这责任的皮球强行踢给别人,同时也没心思在确实百无聊赖之际找一些夸夸其谈的说辞来炫耀自己对事态的漠然。他的反应之快从某种程度上来说,仅仅是一种不加思索的冲动,虽然危难中他表现的冷静让人佩服,但也通常让人认为他太谨慎了。政客们总是喜欢把康威当作一个强行给自己以奋斗目标的人,把他外表的漠然看作遮蔽充沛情感与上等教养的外衣。内心潜藏的疑虑总是缠绕着康威,有时这种疑虑不断冲击着他,或者他确实如外表所表现的那样冷静稳重?对任何事情都能平静以待?但是,正和"懒散"这种说法并不是非常合适的一个词一样,大多数人对他有偏见,他只是个极其简单却让人们费解的人,他仅仅安于平静,喜欢沉思,爱一个人呆着。

他已经在座位上微弯着侧身坐了许久,此刻无事,他索性靠着座位睡觉。醒来的时候,他发觉同行的几个人,不管适才有多忧虑焦躁,还是屈从了。卜琳可萝小姐闭眼坐得笔直,好像一尊发旧得黯然失色的塑料时装模特。玛里逊微倾着身子懒懒地靠在座上,一只手撑在下巴上。美国人则打着响亮的鼾睡去。康威比其他人都清醒,他清楚没有必要找理由,如同刚才又喊又叫一样只能让他们疲劳。突然袭来一丝眩晕,心跳也加快了,好像有一股力量在使劲地吸食着自己,这使他回忆起在瑞士阿尔卑斯山上体验过的类似反应。

过了一会儿,他往窗外看去,碧空如洗,午后的阳光照耀着如梦的景象,他感觉

消失的地平线

消失的地平线

第一次世界大战的战争场面。这次战争摧毁了文明,欧洲想要复元已不可能。作者指望有香格里拉这种圣地让文明静静地疗养伤口。作者塑造康威这样的人物来说明战争是如何毁灭人类精英的。他在战场上呆久了,内心只有一种想死的冲动。这种冲动使他重返生活时,意识到一切最可爱的事物都是短暂的。他天才地预感到一个个混蛋国家会被贪婪驱使着,变得越来越强大,机械的力量成倍增长,直到一个武装士兵抵得上古代的整个军团。全世界都会恶狠狠地杀成一片。惟有香格里拉可以避开这铁与血的厮杀,在四面八方汇聚而来的毁灭中求得生存。然而,香格里拉能够幸免于难吗?

消失的地平线

豁然开朗的快感冲击上来，没想到在距离世间这么遥远的世外，在这没有人烟的地方，居然有这么美丽的胜景。北边灰褐色的天空被喀拉昆仑山的冰山雪壁映衬得格外醒目，山峰清冷险峻，虽然在这无人知晓的世外不知其名，但是抹不去它那份圣洁与庄重。和那些世人瞩目的高大山系相比略低千余英尺，但也正因此使它们永远不会被那些登山探险队伍所干扰，那些倾心于打破记录的探险者对这些山峰不是特别向往。康威和这些人相反，他更喜欢从西方人刻意追求的理想境界中去窥视出庸俗来，他不尊崇所谓的理想境界，或许比平凡还要平凡，实际上他懒得去为功名利碌奔波，他已厌倦了。他一直在注目窗外，暮色被黄昏的色彩渲染着，浸透了厚重的、天鹅绒般柔软的朦胧，如同画家渲染的墨色向上渐渐漫开。山脉越来越近了，被苍茫的暮色逐渐吞没。满月逐渐升上来，好像一盏圣洁的灯挂在宇空，用温柔的银色光芒抚摸着层峰峻峦，直到遥远的黛色的天边泛动着透亮光辉的长长的地平线。天气逐渐凉了，一阵狂风突然扑来，掀动扑打着飞机，意外附加的折磨进一步一点点摧毁着乘客们的意志。不知道黄昏后飞机是否还会飞行，目前惟一的希望只能放在会消耗完的汽油上，这一定需要不了太长的时间。玛里逊因此又开始了辩论，康威很没兴趣，他确实不了解，只估计最多能飞1000英里，他们实际已经飞行了一大半路了。

"咳，他究竟要把我们带到哪里去呢？"他说得很可怜。

"说不准，可能在西藏的哪个地方，如果这些山是喀拉昆仑山，肯定已经过了西藏了。但是可以肯定其中有个波浪形状的山峰是公认了的世界第二高峰。"

"仅仅比珠穆朗玛峰低。"巴那德说，"哦，很壮观呀。"

"在登山者看来，它比珠穆朗玛峰更难攀登。爱布鲁斯公爵断言不可能登上它而直接放弃了它。"

"上帝！"玛里逊哀声叹道。

"我认为你是长官派来管这次旅行的导游，康威，我认为这未尝不可，只要有白兰地，管

乐园。油画。博什作品。由于古籍对伊甸园的描述不详细，反而为后世的艺术家提供了更大的想像空间。乐园精神被任意设计，缺乏统一的观念。希尔顿笔下的香格里拉相对伊甸园来说，更加明确实际，它就是一套宽容的文明系统，是社会的理想状态，在这一点上，伊甸园仅仅是个生活概念而已。

消失的地平线

消失的地平线

西方极乐世界（局部）。唐卡。佛教的极乐世界是作为最高理想来追求的，净土是指菩萨修成的清静之地，为佛陀居住之地。净土对应着俗世的秽国，充满烦恼和污秽。希尔顿在构思香格里拉时，明显运用了净土与秽国这对相对的概念，力图将香格里拉提纯到净土境界，试图让西方理性和最高佛法相互融洽而达成完美栖居。

它是在西藏还是在田纳西。"巴那德却笑道。

"问题是怎么解决这件事。"玛里逊非常焦躁激动，"我们怎么给带到这里来了？他们到底有什么企图？不可思议，你们竟然还会拿这种事情开玩笑！"

"年轻人，你就当是在观赏景色吧，就算按照你的想法把所有的事情都搞清楚，怕连一点神秘都没有了。"

"他一定是个疯子，还有什么理由来解释这个事情？康威，你找得到吗？"

康威摇摇头。

卜琳可萝小姐转过身，她好像每一次都是找这么个间隙如此出场，她的谦虚里带着悲哀的气息，她说："你们没有问我有什么看法，或许我不该发言，但是按我的想法，我赞成玛里逊先生的看法，这个恶劣之徒的大脑肯定不正常，哦，我是说飞行员，如果他头脑正常，他还有什么理由这么做？"她带着渲染的、自信的口气将那些无休止的辩论淹没了，"你们知道吗？我是第一次坐飞机，生平第一次！以前我是无论如何都不愿意坐飞机的，以前一个朋友不断劝我还是乘飞机从伦敦去巴黎吧，我都无动于衷。"

"可你现在是从印度飞往西藏。"巴那德揶揄她,"世界上的事情总是不按人的想法如期来临。"

卜琳克罗继续说,"我认识的一个来过西藏的牧师说藏族人不可思议,他们把我们当成猴子的后代。"

"他们很聪明。"

"哦,亲爱的,我的意思不是说现代,他们早就有这种说法,有几百年了,这只是他们所信奉的许多迷信中的一种说法,我自己可是反对任何迷信,我还觉得达尔文比藏族人更不可思议,我是《圣经》的忠实信徒。"

"我一直以为你是原教派!"

卜琳可萝小姐显然不明白他的意思,她尖声叫道:"我本来是伦敦布道会的,可我反对他们给婴儿洗礼的做法。"

康威总把这些争辩当作滑稽戏,这是早在伦敦教会就争辩不休的话题了,另外,他记起了奥斯顿车站关于神学辩论的那场风波。他现在从卜琳可萝小姐身上发现了一点可人的气息,他甚至想给她披一件自己的衣服免得她夜里着凉,但最终想到或许她的身体比自己还要好,便蜷缩了身体闭眼,逐渐安然入睡了。飞机一直在往前飞去。

飞机忽然猛烈地倾斜起来,他们全被惊醒了,康威的脑袋一下子撞到窗户上,他瞬间陷入晕眩,但是飞机又猛然斜转,他的身体在前后座位间颠簸不稳地摇晃了一下。

天气更冷了,他首先做的是不由自主地看手表,1点半,他已经睡了足够长了。耳内扑来巨大的震动声,起初他还视作幻觉,但是很快发现是马达停了下来,飞机正顶着狂叫的大风滑翔,窗外已经能看清楚距离很近的地面,泛青的褐色地面若隐若现,在飞机下面跃动地掠过。

"他要着陆了!"玛里逊喊道,因飞机倾斜而被颠到座位的巴那德却嘲讽道:"假如他确实走运。"

卜琳可萝小姐好像没有受到所有躁动情绪和事态的打扰,她若无其事地扶端正了头上的帽子,似乎脚下就是多佛海港。

不久飞机开始着陆了,但这次着陆却显得非常没水平。

"哦,上帝!太糟糕了,什么水平啊,妈的!"玛里逊一边嘀咕一边紧紧地抓牢座位。飞机摇晃俯冲了约10秒的时间,却传来一声剧烈的破裂声,是一个轮胎爆了。

"完了完了," 玛里逊失望地喊起来,"轮胎都破了,我们注定得呆在这地方了,肯定是这样。"

康威从来不喜欢在关键时刻多说话,他舒展着麻木了的双腿,揉着被窗子碰起的脑袋上那个包,只是一个包,倒不要紧,他认为自己得采取一点行动来帮助大家摆脱。但是飞机在地上停稳后,他最后一个站起身来。

"小心!"玛里逊打开舱门正要往下跳时,他喊起来。瞬间沉寂,这个年轻人才说:"没必要担心,这地方看来是到天边了,一个人都没有。"

顷刻他们就感到了袭人的寒冷,只能听见呜叫的风声和他们自己嘎嘎的脚步声。一种忧郁凄凉的消极情绪笼罩在他们每个人身上,这种情绪低沉得四散开来,填满了四周整个空间,

香格里拉与桃花源之精神比较

超脱俗世束缚，自在于俗世之外的宁静生活之地，人们可以从容的生活，不与时间赛跑，不被历史左右。这种观念的设计，在中国古已有之，直到陶渊明的《桃花源记》，才塑造了一个精神典范。

香格里拉的研究者几乎都认为陶渊明笔下的武陵人就是经历过香格里拉的人。桃花源在很多方面都吻合了传说中的乐园景致，大片种植桃花，与西王母的乐土极其相似。山有小口，仿佛若有光，跟香格里拉的神秘入口更有相似性。被学者反复提及的一个论点出在桃花源居民的形象描写上。文中记叙这里的居民"悉如外人"，究竟是何处外人，没有详细解释，但从情理上讲，不应只是一般衣着方面有差别。"黄发垂髫"的描述，更是值得探究，一般解释为长寿的老人和垂发的儿童。但从悉如外人的辞句衔接上讲，在文理上有出入，在情理方面也相矛盾。所以，"黄发垂髫"只可能用来描绘居民外貌的显著特征。这一形象跟藏经描述的香巴拉人的形象是一致的，黄褐色的头发，长长地垂在身后，若此说不是牵强附会的解释，就可以推定，武陵人必是机缘巧合，无意闯入了香格里拉世界。

这篇文章的另一个奇异之处就是武陵人在归途中做了记号，但太守派人再去寻找时，记号却神秘地消失了。这不可能是一般记忆故障，而是某种不可思议的意识状态使然，也有可能是传说中的香格里拉的神秘保护力量发挥了作用，因为前往香格里拉的秘密道路是不可重复的。另一个闻讯后前往寻找桃花源的南阳人刘子骥，寻至病终，未能发现桃花源，他似乎是受到了香格里拉魔法的惩罚。这些猜测并无助于解决香格里拉悬念，但却提供了一个玄想的视角。

陶渊明像，明朝王仲玉作品。此图成为陶渊明最典型的形象被后世推崇。人物神情淡逸，手持诗卷。衣纹线条舒展自如，人物性格呼之欲出。是中国古典绘画中罕见的杰作。

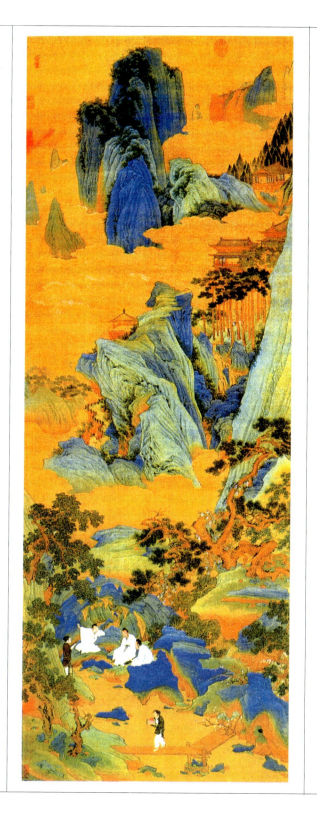

桃源仙境图,明朝仇英的作品。此图画面饱满,仙气十足,人物生动传神,怡然自得。这样的桃花源是生活化的,已很少社会性。

消失的地平线

　　香格里拉和桃花源在形态设计上具有很多共通之处。但在精神方面却有着本质的差异。这是东西方文化差异造成的。

　　桃花源是高度生活化的,这里的人们顺应自然,活得宁静富足,怡然自得,没有抽象而又巨大的时间观念要克服,同时,社会性也被根本切除,此地没有统治者。

　　香格里拉是高度社会性的。这里有一位智力超群、深谙统治之道、地位最高的喇嘛,他以适度、宽容、仁慈、人性为治世之道,将香格里拉治理得秩序井然,人民安居乐业,有足够的岁月来从事自己喜爱的但却没有多少实用价值的研究工作。香格里拉人最大的痛苦是必须计较时间的价值,这注定他们不能像桃花源人那样超脱。

消失的地平线

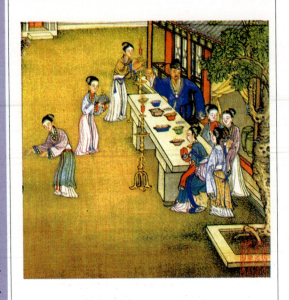

在东方的乐土理想之中，永远包含着世俗享乐的成分。吃喝玩乐在乐园中是必不可少的，少了这些，还叫什么乐土。

希尔顿笔下的香格里拉之所以能被那么多人所接受，也是因为他兼顾了世俗的需求。他没有一味地追求抽象精神效果，而是设计了一条生意线索，使香格里拉不至于物质匮乏。香格里拉能够用本地生产的黄金换取外界最先进的物质享受。他们推崇适度的性爱和宗教修为。

月亮藏在云后，星光迷离，风声震耳，四周显得寂寥而旷远。不用多想，谁都能看出这是片荒凉的、山峦连绵叠嶂的世界，遥远的地平线有一列山峦微微泛着光芒，好像一排龇咧的犬牙。

性格急躁的玛里逊正在捣鼓飞机的驾驶舱门，他叫嚷道："到地面上我可不怕他，管这小子是谁，我现在就找他算账，算账……"

其他的人担心地看着，对他的冲动不知所措，康威疾步上前，但是却没来得及阻挡他的莽撞，仅仅几秒钟玛里逊就跳下来了，他紧握着拳头，声音嘶哑地咕哝道："康威，情况不对……我感觉这小子一定病了，再不就是死了，我说什么他都不吭声，你看……我把他的左轮手枪缴了。"

"你还是把枪给我吧。"康威说，尽管适才撞得他头晕，但他尚能支配自己，他认为这里的环境非常糟糕，无法忍受，他选择一个位置机械地爬上去，那里隐约能看到关着的驾驶舱，还有一股呛人的汽油味扑来，他没敢划火柴，他能大概看出飞行员向前扑倒，头爬在操纵杆上，他晃了一下他，把他的头盔拿下来，将他脖子上的衣扣解开，稍后，康威回头说："对，他真碰到麻烦了，来，得把他拖出来。"

但是大家都明显感觉康威也遇到了什么麻烦，他的声音尖利，他已经无法用别的声调来声明这个顾虑重重的时刻不该有任何犹豫。这种时候，这种地方以及这种冰冷的空气都无法使他仅仅陷入疲劳困乏中了，他显然明白自己必须在关键时刻有所表现，这是他惯常的作风。

巴那德和玛里逊帮他将飞行员从座位里拖出来抬放到地上，他没死，仅仅昏过去了，康威没有急救经验，但是他多年的奔波经历使他对各种疾病都能辨视出来。

"估计是高原反应使他心脏出了毛病。"他说着俯身看看这个陌生男人，"这里是没办法救他的，该死的风，连躲避的地方都没有，还是把他抬回舱里，我们也得到舱里去，现在到底在哪里我们谁都无法弄明白，天亮之前是没希望离开这儿了。"

大家都赞同康威的意见，连玛里逊也没反对，他们就把这个男人抬回舱，放在座位间的过道上让他直直躺着。舱里也不比外面温暖多少，仅仅是阻挡了狂呼的寒风。没呆多长时间，这风就变成了众人的心病，变成了这个凄凉夜晚的主角，那不是通常的风，带来的不只是恐怖的寒冷，而像是一个纠缠不休的疯子，又如同一位在自己的世界里肆意发泄喧嚷的艺术大师，飓风把沉重的飞机刮得直往上翘，发怒似的摇晃着机身。康威看见机窗外，狂风好像连星辰的光芒都一扫而光。

这个陌生的男人无声无息地躺着，在昏暗又狭窄的舱里，康威只能靠擦亮的火柴费劲地观察他。

"他的心跳相当弱。"他说。卜琳可萝小姐在自己的小提袋里摸了会儿，掏出个小瓶子，"或许这个对他有点用处，可怜人。"她的关心使大家非常惊奇，她继续说，"我自己还没用过呢，但是为防万一，我一直带着它，现在正好用上，是吧！"

"应该是。"康威漠然回应，他打开瓶盖闻一下，发现是白兰地，就给这人嘴里倒了一点："只是给他一些补充而已，非常感谢。"

稍顷，这人的眼皮轻轻动了一下，玛里逊突然又骚动起来，他喊着、狂笑道："我可不希望这样，你看你们这些笨蛋，点着火柴围在僵尸边，他也够不上漂亮，是吧，假如说他是什么的话，我认为是个混混。"

"或许是。"康威很平静，也很认真，"可他还没变成僵尸，或许因为他我们能碰点好运。"

"好运？是他走运，不是我们！"

"别那么极端，你还是，闭上你的嘴巴！"

玛里逊还没脱去浓厚的学生味，因此对年长者的直率责备他能立即反应过来，他显然还没有足够的自我控制力，虽然康威觉得自己说得有些过分，但他更关心这个飞行员

印度古典佛经中记载着一个类似香格里拉的长生乐园，它位于喜玛拉雅山北面的山脉中，即昆仑山脉，那是圣人居住的神秘王国。"在一个美酒喷涌的湖中岛屿上，神圣的森林围绕王宫，必须乘金鸟才能到达。"本书主人公是乘飞机到达的。

中国古籍记载的昆仑山西王母宫殿与印度古籍所载的乐园有异曲同工之妙。西王母的昆仑乐园被雪山环绕，却能避开寒冷之苦，居民大智大慧，长生不老。希尔顿笔下的香格里拉也是如此。

消失的地平线

消失的地平线

无论陶渊明笔下的桃花源是否真有其地，也无论桃花源是否曾启发过希尔顿，我们都可以认为桃花源是更早时期创造的香格里拉，在形态设计上是香格里拉的先驱。毫无疑问，桃花源是中国文化深处最动人的香格里拉。

晋太原中，武陵人捕鱼为业，缘溪行，忘路之远近。忽逢桃花林，夹岸数百步，中无杂树，芳草鲜美，落英缤纷，渔人甚异之。复前行，欲穷其林。林尽水源，便得一山，山有小口，髣髴若有光。便舍船，从口入。初极狭，纔通人。复行数十步，豁然开朗。土地平旷，屋舍俨然，有良田美池桑竹之属。阡陌交通，雞犬相闻。其中往来种作，男女衣著，悉如外人。黄髮垂髫，并怡然自樂。见渔人，乃大驚，问所从来。具答之。便要还家，设酒殺雞作食。邨中闻有此人，咸来问訊。自云先世避秦时乱，率妻子邑人来此绝境，不复出焉，遂与外人間隔。问今是何世，乃不知有汉，無論魏晋。此人一一为具言所闻，皆叹惋。馀人各复延至其家，皆出酒食。停数日，辞去。此中人语云：不足为外人道也。既出，得其船，便扶向路，处处誌之。及郡下，诣太守，说如此。太守即遣人随其往，寻向所誌，遂迷不复得路。南阳刘子驥，高尚士也，闻之欣然，规往。未果，寻病终。后遂无问津者。

庚辰春日 雲間 白蕉 書

面临的困难，或许只有这个陷于孤立的人才能解释他们现在的困境。康威很烦不断靠猜测来判断这个事件，路上已经说了太多的废话了，他现在非常担心，根本没情绪去探讨其中的奥妙，他也发现事情已经不再是激动人心的冒险，而是越来越向悲剧方向明显发展的一场苦难经历。风嚎叫了一夜，康威整夜警惕，他照旧勇敢地承担着责任，并且也没费心机将这个现实倾诉于别人。他推断他们已经飞过了喜玛拉雅山西部，现在在昆仑山一带不为人知的某个高峰地带，照这样看，他们现在在地球上海拔最高、同时也是最荒漠的地方，即青藏高原，这里最低的峡谷也有两英里高，几乎没有人涉足过这片寥廓浩渺、狂风肆虐的无人区。他们就在这片荒凉偏僻的高原的一个角落，身在这种连人烟都不见的莽原，不比那些作为流放地的沙漠或孤岛好多少。忽然，一种令人意外的变化震惊地来临了，好像是某种更神秘的暗示在回应他的好奇心，早早淹没在云后的那轮圆月又隐约地浮现在远处地势高起的边上，还将前边苍茫的夜色有意无意地撕开点边角。康威看见面前出现了一条狭长的山谷的轮廓，山谷两边是有着一种忧郁色调的低低的山峰，绵延着，山丘一样起伏，在淡青色的夜空下山影显出醒目的黑影。他不禁被山谷的正前方吸引了视线，星空下昂然一座雄峰，被月色照出洇染的光芒。他顿然感觉这是世界上最宏伟绮丽的山峰，它好似完美的冰雪砌筑的尖锥，造型简洁如同孩子信手描画而出，你看不出它到底有多大，多高，也看不出它到底离你多远，康威被它的四溢的光芒吸引，被它恬淡安祥的姿态吸引，简直不能相信它确在眼前，或确在世间。康威凝神间，一抹轻云飘到了这个金字塔状的山峰边，看来这的确是世间存在的景观，而细微的雪崩的轰响也在证明这现实的存在。他很想把另几个人也叫醒来共同欣赏这绮丽的景观，但那样或许就破坏了如此静谧的气氛。而按常理，这种景观的原始性，恰好烘托出与世隔绝的处境和未知的危险。说不定有人烟的地方离这里至少也有几百里地。既无食物，又无武器，当然还有一把左轮手枪，飞机不但坏了，汽油怕也快用完了，即便有懂得驾驶飞机的人也没什么作用了。而他们甚至没有带上足够御寒的衣服，狂风是如此的冰冷，玛里逊的摩托服和风衣根本起不了太多作用，紧裹着毛衣和围巾的卜琳可萝小姐看来跟极地探险者一样，康威第一眼就觉得她这种形象非常滑稽，而她不可能感觉更舒服些。除了康威，其余的人都出现了高原反应，连巴

18世纪晚期的莫扎特。油画。无名氏作品。希尔顿让主人公康威爱好莫扎特，是把莫扎特作为顶级的音乐家来推崇的。在香格里拉的世界中，伟大的艺术作品是最受欢迎的精神食粮，喇嘛们最喜欢莫扎特的音乐。作者以此寓意香格里拉对西方文明的尊敬和欣赏能力与西方人的爱好是一致的，因而香格里拉适合西方人居住。

肖邦。著名音乐家，他的作品表达了对饱经磨难的故国家园的怀念和忧伤。他想像力超群、技巧精湛，创作极具个性。香格里拉充分利用了肖邦的名望，虚构了一名肖邦的弟子，同时也虚构了一批肖邦未传世的作品。作者以此寓意香格里拉是人类保存精神产品的最佳场所。

消失的地平线

消失的地平线

洛克写道:"日出之前,我站在寺庙门前的小台上,远眺雪山,看着它们由深灰色变成粉红色,直到最后,太阳慢慢升起,山峰变成血红色,蓝色的炊烟悠悠飘荡,越来越浓,弥漫了整个山谷。"书中主人公康威也这样观看香格里拉,他感觉从山谷中流溢出一种深藏不露的奇异力量。

那德都在极度紧张后低靡不振。玛里逊总在嘀嘀咕咕地抱怨,看得出假如这种困境一再持续他会变得更加不可想象。处在这种凄楚无望的时刻,康威不禁敬佩地望望卜琳可萝小姐,康威认为她不是个庸常之辈,他不会如此评价任何一个为阿富汗人教授赞美诗的女子,但是她的确非同寻常,每遇险境,总是保持非凡的气质,使康威对她印象非常好。

"你别太难过了。"他的目光与她相逢时他不禁安慰道。

她说:"士兵们在战事中所受的艰险比这要厉害多了。"

康威认为这是两码事情,没有什么类同之处,实际上,在过去他经历的战壕岁月中也从没有遇到过如此难捱的夜晚。他现在把整个心思都放在那个随时都可能咽气的飞行员身上,此刻他的呼吸很不均匀,伴着微微的抽搐。或许玛里逊说得对,他可能是中国人,虽然他扮演的英国空军上尉非常出色,但还能看出他的鼻子和颧骨都是纯粹的蒙古后代。玛里逊认为他的长相实在不敢恭维,但是康威在中国生活过,他认为他的长相还不错,只是他失去血色的皮肤和裂着的嘴唇被四周这一圈火柴晕黄的光芒映照得有些难看。

长夜难捱,似乎能触摸到沉甸甸的每一分钟,似乎非得把这一分钟拨动了时间才能过去一点。不久月色渐息,甚至那遥远的鬼魅的山影也隐匿了,空前的黑暗填充在四周,冰冷的气息和狂噪的风还在嘲弄地捣乱,直到黎明即至,曙色初现,夜幕才一点点退去,只把令人同情的宁静遗留下来。金字塔形的山峰逐渐裸露出苍白的轮廓,起初是灰色,逐渐变为银色,当太阳的第一抹光芒渐次滑过,顶峰又淡抹一样镀上胭脂似的粉色。笼罩在空气中的迷蒙渐渐消失,可以清楚地看见山谷了,成堆的卵石和砂砾铺出倾斜的地面,虽然不能说它是一幅柔美而不能不看的画,但康威却认为的确如此。在他顾盼浏览这些景观的时候,感觉从山谷中流溢出一种深藏不露的奇异力量,而不是完全由浪漫洇染的魅力,而是那种如钢如铁的理性色彩十足的味道。远望这座白色的金字塔,虽然没有浪漫的冲动,但你会身不由己为之倾倒,好像人们必须承认欧几里德定理一样。最终,太阳当空,挂在湛蓝的天空,他再一次被深深打动了。

天气逐渐暖和了,另外几个人都醒来了,康威便提议将飞行员抬出舱,他认为他或许更需要外面过分干燥的空气和温暖的阳光,他们照他的话安排了这个人,继续守在这个病人身边,情况比夜里好多了。这家伙终于睁开眼不连贯地说出什么话来,他的4位乘客俯身细听,他的话只有康威能听懂,康威时而回应他几句话,没过多久他就显得更无力了,说话显得更加费劲,最终还是停止了心跳,这时大概是上午9点。

康威回头对剩余的乘客说:"很不幸,他没讲多少,比我们希望了解的少多了,只能肯定一点,我们现在在西藏边缘,他没有说清楚为什么会把我们带到这里来,但是他似乎知道地点和方位,他的那套汉语我不是很懂,只能判断出他说山谷附近有一座喇嘛寺,我估计那里可以给我们提供一些食物,还能躲避寒冷。他叫这寺庙为香格里拉,藏语中'拉'的意思是'山谷中狭隘的通道',他反复强调我们该上那里。"

"可是我不觉得我们有什么理由非要到那里去。"玛里逊说,"再说,他或许早已经糊涂了,是这样吧!?"

"对于这一点,你了解得不会比我更多,而且,假如不上那里,那该上哪儿呢?"

"去希望去的地方,我才不在乎呢,我能保证假如那边真有个香格里拉,肯定与文明的外界距离很远呢,假如我们并没有拉开距离,而是越走越近,那当然是我最期盼的,简直是胡闹,难道你不愿意找个法子将我们带回去吗?"

康威耐着性子说:"玛里逊,我认为你还没搞明白我们现在到达的这个地方,我们现在在这世间鲜为人知的一地,即便是准备充分的探险队,也难逃重重困难和险境。你得设想到距离我们几百里地都可能是这种荒无人烟的原始区域,我觉得几乎没有办法从这儿回到百峡洼。"

"我也这样想。"卜琳可萝说得很认真。

巴那德也点头赞同:"就是说,假如附近真有这样一座喇嘛寺,我们还真够走运的。"

"或许相当走运。"康威说,"再说,我们没有任何食物,你们也都清楚这种蛮荒之地并非如想象中那样更易生存。用不了几个小时我们就得面临饥饿。假如我们今夜还在这里度过,那得再推一夜的寒冷和狂风,情况很不好啊,我觉得我们只有发现人才能发现机会,但是我们只能去寻找我们还能了解到的地方!你们说呢?"

"假如那是个陷阱呢?"玛里逊问。

"温暖宜人的陷阱!"巴那德答到,"还备了一片奶酪呢,这可是我求之不得的。"

众人大笑,玛里逊却没笑,他显得很不稳定,明显的神经质。最后康威说:"大家的想法多少都有些一致了吧?都能看清楚,这个山谷里有一条小路似乎不那么陡,只是我们的速度得慢一点。不管怎么说,我们不能总呆着什么也干不了,我们甚至找不到炸药和甘油把这人埋葬了。再说,或

英国植物学家、探险家法兰克·金腾戈。他自幼熟读《消失的地平线》,香格里拉是他的梦想,他知道香格里拉和香巴拉在精神上的联系,最早在古典佛经中去寻找香格里拉的线索,他发现一本古代佛经中记载着通往香巴拉的入口被一条大瀑布遮掩着。他组织一支探险队进入西藏,立志要找到这条瀑布,最后因地形太险峻而失败了。

英国探险家、植物学家法兰克·金腾戈在寻找香格里拉的途中拍摄的一幅照片。但他始终没有找到香格里拉。

消失的地平线

消失的地平线

许喇嘛寺里会有人帮助我们找到可以带我们返回的脚夫。他们应该对我们有用，我认为现在就该出发，就算到傍晚我们都还没找到那里，也有时间回到这个飞机上再捱一夜。"

"就算我们确实能够找到，"玛里逊依然坚持己见，"谁能说我们不会被人杀了？"

"确实不能保证，但我觉得这种可能相当小，或许我们应该去冒一次险，总比死守在原地饿死或者冻死更好些。"康威说完又感觉这样让人灰心的推测似乎不该在这种时候说出来，他便接着说道，"实际上，很少有人能把佛教的寺庙和谋杀事件联想为一体，这里几乎见不到英国大教堂里曾出现的人命案。"

"比如坎特伯雷教堂的圣·托马斯。"卜琳可萝小姐边说边使劲点头，但她却歪曲了康威的本意。

玛里逊只好耸耸肩，说话的口气里充满了气愤与无望："对了，就得这样办，就去香格里拉，别在乎它在哪里，也别在乎它是什么地方，我们必须去，但是，最好别让它在那座山的陡坡中间。"

他的话使人们不由都去望那座泛着点点银光的锥形雪峰，山谷正向这座美丽的山峰伸展过去，充足的太阳光将整座山都映照得格外壮观雄伟，恍然间他们观望的目光都瞪大了，是些人影，他们看到远处的山坡上有些人影顺坡逐渐朝他们走过来。

"上帝保佑，这真是意外！"卜琳可萝小姐呢喃道。

美国探险家伊恩贝克。他少年时代就梦想成为探险家。他从英国探险家、植物学家法兰克·金腾戈的冒险经历中获得启示，决定从他失败之处起步，寻找传说中的香巴拉王国。他想，既然通往香巴拉的门户隐藏在一处瀑布之后，那就必须先找到瀑布。他组织的探险队进入西藏地区。他成功地取得了当地猎人和采药人的帮助，历经艰辛发现了雄伟壮观的雅鲁藏布江大瀑布。虽然他没能叩开香巴拉之门，但他的发现也是人类的一项壮举。

伊恩贝克正乘溜索滑过雅鲁藏布江，他深信自己此行一定会发现神秘的香巴拉王国。

伊恩贝克拜访一位隐居的喇嘛之后，正从房内走出来。远处的雪山正是他要探寻的世界。隐居的喇嘛为他复述了古代佛典中关于香巴拉的神秘记载，这说法跟当年法兰克·金腾戈的记载相同，更加激发了伊恩贝克探寻香巴拉的雄心。

第三章
进入香格里拉

虽然康威显得很活跃,凡事都很主动,但他还有个旁观的习惯,当他们观望那些朝他们走来的陌生人时,他并没有过分在意假如出现什么意外事件该怎样处理,这不是胆子大,也非冷静,更谈不上因有把握处理意外事件而产生的过度自信,说来不好听,这实际上是一种惰性,不希望在发生事情时失去旁观者的乐趣。

他们进入山谷了,能够分辨出大约有十二三个人,抬着一座篷顶的轿子,不久也能看清楚轿子里坐的是个穿蓝色长袍的人。康威无从知晓他们要去哪里,但是确实像卜琳可萝小姐所说,上帝保佑,恰好在这个地方,这种时候碰到这些人。他们尚未走近,康威就几步上前,不紧不慢迎上去,他熟悉在见面礼节上花时间这一东方人的癖好。他在距离他们几步处很恭敬地鞠躬行礼,使他意外的是这个从轿子上下来的穿长褂的人,他庄重高雅,并显得慎重,他走过来并伸出手,康威还了礼,他仔细看这个汉族老人的白发和刮得很干净的脸,他那一身丝质的长褂使他显得有点苍白瘦弱,他也以事先有所准备的谦虚礼节回应了康威,随后用相当纯粹而标准的英语说道:"我是香格里拉寺的。"

康威再次鞠躬行礼,稍顷,他简单介绍了他和3个伙伴一同被意外带到这鲜为人知之地的经过,讲完后,此汉家老者叹道:"确实太意外了。"他边说边注意看了一下毁坏的飞机,继续说道,"我姓张,麻烦你介绍介绍你的几位朋友。"

康威尽量让自己很有礼节地微笑,他让适才的情形给搞懵了,他没想到在这西藏边地的莽荒之野,这个汉人竟然会说纯粹的英语,还懂得伦敦的社交礼仪!

此时他的3个同伴跟上来,对眼前的情形也都非常吃惊。康威便转身一一介绍道:"卜琳可萝小姐;巴那德先生,他是美国人;这位……玛里逊先生;我叫康威,很高兴认识你们。只是和你们相遇几乎与我们来到这里同样让人费解,我们适才正好打算去你们寺里,假如您能带我们去,那我们的运气就太好了。"

"不必客气,鄙人愿意效劳。"

"实在麻烦您了,您真是个好人,那地方不会很远吧!"

"很快就到了,只是路不好走,我很荣幸能给你和你的朋友做点事情。"

"实在是过意不去。"

"我会把你们带到那里去的。"

伊恩贝克的油画作品《香格里拉》,是他想象中的理想天国,是他未曾实现的梦。

消失的地平线

通往香格里拉的道路上，有重重高山阻隔，还有峡谷和河流需要穿越。这些地貌特征是香格里拉的神秘屏障，也是天然保护网。香格里拉轻易不可到达。这幅照片是法国探险家乘羊皮口袋扎成的筏子越过金沙江的场面。当地人用自己的智慧制作了溜索和羊皮筏等奇妙的工具来克服高山峡谷带来的交通不便。

康威感觉在这种地方，这种时候讲究这种礼数实在有些过分，甚至荒唐，但他仍然客气地回应道："太好了，我们真的很感激您。"

总是处在焦虑并排斥幽默气氛的玛里逊此刻却刻板地插话道："我们不可能在那里呆多久。"他很唐突地喊叫，"我们会给你们钱的，我们会从你们中雇人协助我们回去，我们急于返回文明世界。"

"你认为你确实离开文明世界了？"

他平静的质问使这年轻人越发焦躁，他依然嚷叫道："我能保证我们已经离自己最想去的地方很远了，我的同伴们也这样认为，我们很感谢你能给我们提供一席之地歇息一下，但是假如你有办法帮助我们回去，我们将更感谢你，你知不知道从这里到印度还有多远？"

"算了，我也不想为此添什么乱子，我有能力雇用那些搬运工，只是希望能以你对此地的熟悉给我们提供最合适的方式。"

康威认为完全没必要这么刻薄地去谈话，他有必要协调这种局面，因此他很宽容地说："玛里逊先生，我只能确信这位朋友会对你以礼相待，你最终都不会觉得有何不妥。"

"最终？"玛里逊好像捏到什么把柄一样喊起来，幸好他们从包裹中纷纷取出酒和水果端上来，使将要来临的辩论不了了之，提供水果和酒的是这行人中几个穿羊皮袄、戴裘帽、踏牛皮靴的强壮高大的藏族人。这种酒香气宜人，味道很好，不比最好的葡萄酒差多少，水果中还有熟透的芒果，饿了这么久，吃这种水果是最过瘾的了。给自己找绊子的玛里逊也吃得很惬意，只是康威才释去重负，不想吃眼前他尚够不到的水果，他想不通这样高的海拔地带竟然会有芒果，山谷外的那座山对他的吸引力非常大，那座山峰十分耀眼，使人不由产生豪迈而激动的情绪。他奇怪那些游历过西藏的旅行家并没有多少对这座山的记录，仅仅是些老套的典故，他的目光被山峰深深吸引，心驰神往，魂魄已经登上了山峰，在想象中沿山崖和山谷的路口寻找攀登的路线！

忽然玛里逊喊叫起来，他才醒过神来，他

看看众人，目光和诚恳地凝视他的这个汉人相遇，他说："康威先生，这山让你看得都要陶醉了？"

"对，实在是奇异的景色，我认为它应该有个名字！"

"叫卡拉卡尔。"

"我确信我从没听说过它，很高是吧？"

"超过28000英尺了！"

"是吗？我没想到除了喜玛拉雅山还有这么高的山峰，经过精确测量了吗？谁提供的数据？"

"你认为呢？尊敬的先生，寺庙之规和三角公式之间不会有相互排斥的地方吧？"

康威玩味他的话，回答说："哦，没有，当然没有。"他谦虚地笑着，感觉这玩笑有点别扭，但是这种玩笑或许还是有其意义的。接着，开始了香格里拉的旅行。

一上午他们都在缓慢地顺山路攀登，坡不是很陡，但是在这样高海拔地带行动，体力非常容易消耗，几乎没有人有力气多说话。汉族老者很舒服地坐在轿子里，让人感觉出一种豪华，但却与骑士精神背离，卜琳可萝小姐因此以这种自然的不正常失去了舒适豪华的享受。几个人中，康威更能适应这种高原气候，只是无法完全听懂那些抬轿子的人的三两句谈话，他略懂藏语，连猜带蒙勉强听懂这几个人为回到喇嘛寺而高兴，虽然他想和他们的主子再聊聊，却办不到，他闭着眼，半边脸遮掩在轿帘内，好像很有能力攫取任何时间贪婪入睡。阳光温煦，虽然吃得不是非常满意，但毕竟缓解了饥饿和焦渴，空气新鲜得好像是在另一个星球上，每一口空气都似乎值得珍惜，必得刻意去专注于呼吸上，当然一开始使人有些急促，但是过一会儿就感觉清爽异常，心里纯净似水。他们全力合着呼吸的节奏迈步，一步步，一步步，一边走一边陷入沉思，肺不再是谨慎为身体服务的器官，好像是经过训练和思维、肢体协调统一了的节拍器。如诗的神秘气息冲击着康威的内心，同时和他潜藏的疑虑奇怪地协调为一体，他发现自己没有自讨苦吃似的去为这种奇异超常的现状而挖空心思找个解释。他倒和玛里逊幽默地谈论过几句，但这家

消失的地平线

溜索是通过峡谷和河流的最便捷的交通工具。只有不怕悬空晕眩的人才有机会越过香格里拉的天然屏障。即使如此，有幸进入香格里拉的机会仍然微乎其微。

伙只是闷头往上爬。巴那德费劲地喘着粗气，卜琳可萝小姐已经喘不上气了，但是仍然故作镇静地在努力考验自己的肺。

"快到山顶了。"康威鼓励她。

"这跟我那次追火车的感觉一样。"她说。

康威因此想到某些人喜欢把苹果酿的酒当香槟酒喝，这说明人的眼光有问题。他奇怪的是除了不可思议，他不觉得有什么疑虑和担心，尤其是对自己，或许这正如生活中出现的那样，当你发现一次需要高消费但也足以让你领略得到一种奇异感受的夜生活时，你的灵魂和钱币会一齐出窍。那个使人呼吸困难的早晨，卡拉卡尔山又一次出现在面前，他非常感激带他感受这种经历的人，亚洲各地10年的生活经历已经养成他对面临的事情和身处的环境的过分挑剔，但是现在他发自肺腑地认可了面前的一切，这本身就非同寻常。

顺山谷走了几英里，山势越陡了，乌云把太阳整个遮住，一带银雾轻轻笼罩着眼前的景观，远方遥遥震荡着隆隆的雷声和雪崩的声音，一股寒冷兜头袭来，而山势越高，空气越是刺骨地冷，一阵狂风携带着雨雪迎面扑打过来，大家都给浇湿了，他们不知道还要遭遇多少艰难和忍耐，康威都已经拔不动脚步了，但是稍后好像出现了山巅。轿夫们驻足更换肩上的担子，巴那德和玛里逊都吃尽了苦处，总是掉队，而那些藏族人却总是疾步前行，一边走一边打手势鼓励他们再走一段路就没这么费劲了，他们这才稳定一些，但当看见他们在整理绳子时，又开始担忧。

"他们是想吊死我们？"巴那德破口大叫，滑稽得近乎夸张，但是马上就发现这些带路的人没有恶意，他们只不过想用绳子把大家串成一体，这是登山活动的惯例，康威熟练绑缚绳子的动作令他们越发钦佩，大家都任他支配。康威安排玛里逊靠紧他，前后是些藏族人，巴那德、卜琳可萝小姐还有其余的藏族人都安排在其后，他立即发现这些人都愿意让他在他们的主子睡觉的时候由他暂时带领，一种久违的权威感又扑上来，若是遭遇到任何艰险

这些美丽的玛尼堆是雪域藏区最迷人的人文景观。它使一块块天然的石头因为美丽的经文书写而闪耀着神的尊严和圣洁的虔诚。这是人赋予自然的一道风景。香格里拉地区也需要这样美丽的装饰，来标示人和神灵相互融合的奇迹。

与意外,他都会全力以赴地靠自信和决断力来带领他们。他曾经是出色的登山运动员,即便是现在也依然出色。

"巴那德交给你了。"他对卜琳可萝小姐调侃道。

但她却在敏感地遮掩:"我尽量了,我从没尝过被捆绑的滋味,这你知道。"

最后一段路也意外出现激动人心的时刻,但出乎意料的是坡度平缓了许多,不再那么使人"炸肺"地艰难攀登了。这山路好像一个Z形走道,顺着一块岩壁劈开,直上云霄的崖壁笼罩在一层云雾中,巍峨、神秘,或许在崖壁的那一侧正是云雾笼罩的万丈深渊,康威喜欢探察清楚自己所处的周边的一切,他那双敏锐的眼睛非常适合观察高山和峡谷。这条山路有几段路仅仅宽2英尺,让康威佩服的是几个轿夫抬着轿子穿行自如,而轿中人也自始至终都能安然入睡,令他羡慕。这是些非常可靠的藏民,他们在路逐渐变宽和下坡时显得非常高兴,最后他们自娱自乐唱起来,其悦耳粗犷如玛塞内特专门为藏族舞剧而作的曲子。

电影《消失的地平线》中的最高喇嘛居住的寺庙,它有着东西方建筑样式相结合的特征。

雨停的时候天气也暖和了,康威说:"假如让我们自己走,肯定会迷路的。"他想调节一下气氛,但是玛里逊依旧不觉得顺耳,他早就给吓坏了,虽然最艰险的一段路都过去了,他却更加不知所措,他尖利地冒出一句话来:"我们不会走得更远吧!"

山路蜿蜒,陡然成坡,康威发现竟然还有雪绒花,这实在是个值得庆贺的预兆。但当他把自己的发现告之伙伴时,玛里逊更加躁动,他吃惊地喊道:"上帝,你以为这是阿尔卑斯山吗?康威!我实在搞不明白我们到底在做些什么莫名其妙的事情,接下来呢?接下来我们该怎么办?"

康威不愠不火地回答:"假如你有过如我一样的阅历,你就会理解或许有时候最愉快不过的就是无事可做,事情既然来了,就让它来吧,就像战争一样,这种局面中若能发现一些新鲜的感受来冲淡未知的艰难和不测,该是我们交到好运了呢!"

"我认为你在胡搅蛮缠地诡辩,我在巴司库可没遇到过这种心情!"

"确实不会遇到,毕竟那种状态你还有可能支配自己的意志和行为,这利于解决问题,但是目前却不可能,毕竟我们是在这里,你实在需要我去找个解释,我只能按常例来自我安慰。"

这幅小画描绘的是雪山环绕的香格里拉王宫景象。

"我想你也已看清楚当我们按原路返回的时候会有多么艰苦,我早就看清楚了,我们已经顺着这座陡峭艰险的山峰绝壁爬了将近一个小时了。"

"我已经发现这一点了。"

"哦?"玛里逊躁动不安地清着嗓子咳嗽道,"我也能承

消失的地平线

消失的地平线

消失的地平线

霍夫·康威
英国驻南亚某国大使馆领事

查尔斯·玛里逊
英国驻南亚某国大使馆副领事

    他对应的是第一次世界大战。他代表被战争摧毁过的人类精英，他身上有难以愈合的战争创伤。他是理性的思索者，是典型的英国人，他傲气、深邃，有一双"剑桥蓝"的眼睛，"剑桥蓝"和"牛津蓝"究竟有什么本质区别。作者用他的眼睛象征智慧和理性。作者通过这双眼睛来观看香格里拉，使香格里拉呈现本来面目，一切都是客观的，没有感情波动造成的不确定因素。毫无疑问，康威代表了人类理性和善良。

    在香格里拉的世界里，玛里逊是恶的化身，他对应的是新一轮世界大战的拥护者，代表贪婪的物质占有欲。从一开始，他就拒绝被劫持到香格里拉。进入香格里拉之后，他无时无刻不在向往外面的纵欲享乐，他贪婪地发现了香格里拉的金矿比南非更容易开采，最后，他用金子雇佣脚夫，劝诱康威逃离香格里拉，还顺便诱拐了香格里拉公主。毫无疑问，他就是伊甸园中蛇的化身。他意味着人类都将因为恶的诱惑而失去乐园。

消失的地平线

罗伯特·卜琳可萝　　　　　　　亨利·巴那德（查尔摩斯·布来亨特）
法国东方传教社的女传教士　　　美国在逃通缉的金融诈骗犯

她对应的历史是随着第一次世界大战摧毁西方文明之后基督教所作的垂死努力。同时，她也意味着西方女性解放的产物。她矜持、聪明，具有吃苦的勇气，然而，她内心的力量却是弱小无力的，面对香格里拉具有磁性的宽阔魅力，她最终皈依了香格里拉。她留下来是为了传教，香格里拉有足够的宽容心怀接纳她的偏执宗教观。最高喇嘛说得好："任何宗教都是适度正确的真理。"

他对应的是美国股市大崩溃后的萧条时期。意味着资本主义的巨大破产者的思想。他在美国诈骗了数亿美元，被多个国家通缉追捕。最终皈依香格里拉。表明佛教"放下屠刀，立地成佛"的作用也适用于香格里拉。作者以此说明香格里拉是一个超越了善恶，能包容人类一切习性的理想世界。香格里拉有足够的信心化解一切恶习。

消失的地平线

认我的确招人烦,但我无法忍受,我无法相信眼前所有经历着的,我怀疑这些家伙早就不按我们希望的那样带路了,看来他们正把我们带进一个死胡同!"

"就算这样,也只能这样了,总不能坐以待毙吧。"

"我明白你的道理,但有什么用?我可不如你那样随遇而安,我无法忘记两天前还在巴司库的领事馆,之后的这一切都让我不能容忍。实在对不起,我太焦虑了,我现在为躲过战争而感到庆幸,或许我已经歇斯底里了,我感觉全世界都在发疯,对不起,我的话可能太粗野了。"

康威摇头道:"年轻人,你想得太多了。你才20岁啊,但你的处境是身在约两英里半的高海拔地区,难免会有你意想不到的反常情绪和感受,我觉得你已经做得够好了,已经够有勇气去面临如此险峻的困境,我年轻时比你糟糕多了。"

"但你不认为这事情太混乱了吗?我们是如何飞越了那些高山,又如何煎熬在肆虐的风中,如何苦等着出路,哦,那个飞行员也莫名其妙死掉了,接着竟然会和这帮家伙邂逅。想想所有这些事情,不跟一场恶梦一样吗?不是过分离奇了吗?"

"哦,你说得都对。"

"那我或许可以知道你面对每件事情为何都这么冷静!"

"你确实这样想吗?假如你愿意,我会告诉你的,但你可能会以为我在游戏人生,因为我过去的人生中已经无法回避更多恶梦似的经历了。玛里逊,此地并非世界上惟一异乎寻常产生离奇的地方,你非得去谈巴司库的话,你应该不会忘记当我们撤离之前,暴动者是如何对那些俘虏用刑来搜取情报的!通常是乱棍之后往身上浇水,他们自然也获得了一些东西。而更让人啼笑皆非的恐怖事件还有,或许你还记得,我们在撤离前的隔离期得到的最后一个消息——那是个一传十,十传百的消息,据说一家曼彻斯特的纺织公司在调查有可能在巴司库开

远眺松赞林寺,看起来,这座寺庙就是小说中最高喇嘛的神秘居所。

云雾缭绕,宛若神仙境界的松赞林寺,它使这片风景具有神的灵气和庄严。

消失的地平线

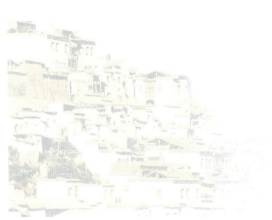

松赞林寺的寺内大殿。此寺汉名归化寺。藏名噶丹松赞林。康熙18年开始修建。松赞林寺以其气度不凡的形象雄居于香格里拉地区。每当旭日升起，阳光照耀之下，整座寺庙就在金壁辉煌中展示神圣的庄严。

辟一条紧身胸衣的商业销售渠道！你认为这不够荒唐吗？你得信任我的判断，只能说使我们到达这里最恼人的事情实际可能仅仅是我们即将面临的一种狂乱与另一种狂乱调了个个。至于战争，假如你也会像我一样处理事情，必须学会守牢嘴巴。"

他们一边谈话一边走，面前出现一段又陡又短的斜坡，爬起来非常费劲，没爬几步就和起初一样费力。随后地势逐渐平坦了，迷雾散去，众人扑入撒满阳光的清醒空气中，能够看到前方就是静卧的香格里拉喇嘛寺院。康威对这个寺的第一印象是：有一种令人窒息的感觉将整个心灵缭绕包拢，如同在静寂荒远的背景中弥升的一种幻觉，那确实是一种奇异的、使人惊愕的景象。色彩绚丽的亭台楼阁缠绕在山腰，完全没有莱茵河岸那些城堡的阴森恐怖和让人生厌的造作，它好似精巧的花瓣非常得体优雅地"雕刻"在悬崖上，雍容华贵，富丽堂皇。

茶马古道。香格里拉的研究者一致认为希尔顿描写的使香格里拉和外界保持必然联系的通道，就是这条茶马古道。但也有人认为，这条路很可能是沿硕多岗河往北走，因为通往迪庆的香格里拉之路，只有这一条。这条路虚虚实实，有时会迷失在遮天蔽日的原始森林中，有时又穿行在云海雾障之中，进入此间的人都会恍惚认为自己进入了人间天堂。

他在注视有着灰蓝色瓦片的屋顶时，悠然升起一种悲壮的情怀，目光不由停留在其上的灰色岩石堡的尖顶上，这是一种格丽多沃岛上的维特角塔才有的那种深邃绚丽的风格。卡拉卡尔山的雪峰崖壁矗立在远方那座熠熠生辉的金字塔之上。康威感觉这应该是世间最摄人魂魄的壮观景象，他设想如同巨人一样的崖壁和山峰怎样被这雪原和冰川沉重地压在下面，或许会有一天，山崩地裂，跌入山谷的冰川会有卡拉卡尔山的一半，在他眼里，身处一种不太大的历险中去体会一种惊心动魄的恐惧是非常令人刺激的。再往下的景色更宜人，从崖壁往下，几乎形成一个垂直的裂缝，估计是远古时期的一次地壳裂变形成的。峡谷似深渊一样看不见底，只被层层翠绿笼罩，风是吹不进来的，上面还有雄伟的喇嘛寺高踞其上，在康威看来，此地确实是最宜人的地方，但是就算这一带居住着人，他们也肯定被远处根本攀登不上去的高山阻隔而与外界失去了联系，在喇嘛寺附近，只有一条能爬出去的狭窄通道。康威注视着峡谷，担忧和紧张袭上心头，也许玛里逊说得不错，但是这种疑虑很快就被一种更为深邃的感受替代了，这是一种缠绕在神秘与梦幻中的那种抵达天边的归宿感。他们是

旧式轿子。小说中的年老者，由于行走不便，就是乘这种轿子在山路上前进的。

如何进入喇嘛寺的，都已经模糊了，连同寺中人是如何接待他们，又如何把他们的绳索解开，同时怎么把他们领到寺庙管理处的，他都觉得模糊了。云烟淡抹一样从稀薄的空气中弥漫开来，如梦如幻，似轻纱，恰如其分地衬托出黛青色的天空，一天天的呼吸和凝望使他逐渐沉醉在一种超乎寻常的平静中，他不再去在意玛里逊的焦虑，巴那德的诙谐，和卜琳可萝小姐似乎已经做了最坏打算的做作。

康威恍然看见这里竟然非常宽敞暖和，收拾得极其整洁，这使他很吃惊，未及细看，汉族长者已经下轿，带领他们穿过院落和许多厅室，他很温和地道歉道："实在是抱歉，我没有在路上亲自照顾你们，因为我实在不习惯这种跋涉，只能自己顾自己，你们不会太累吧？"

"很费劲呀！"康威笑道。

"挺不错了！那就跟我去看看你们的房间吧。"

此时憋着气艰难呼吸的巴那德大喘着气笑起来，他说："我确实不太喜欢这种气候，整个胸口都好像被空气堵住了，但是妈的，此地的景色实在迷人，在这里上厕所该不会排队吧！这儿跟美国旅馆必定不同。"

"巴那德先生，我认为你一定会完全喜欢上这里的。"

卜琳可萝小姐很严肃地点头："希望是这样。"

汉族长者又说："我邀请诸位和我们一起吃晚饭，不知各位意下如何？"

康威很谦虚地接受了邀请，玛里逊虽然感觉他们的接待很意外，但是却似乎视而不见，巴那德因为气候不适应一直在遭罪，此刻已经逐渐有了些力气，他大叫着问："吃完饭后，希望你不要介意，我们得收拾了回去，我希望能尽快回去。"

消失的地平线

在香格里拉地区的边缘虎跳峡一带的金沙江沿岸的高山深谷中，发现了12个岩画点，这些岩画大多使用朱红色矿物颜料。岩画形象中，有猎人张弓射箭，野兽奔跑等情形。形象生动，用笔简练，富于动感。

第四章
宽容的宗教气氛

张先生说:"如你们所见,我们并非你们猜测的那么粗鲁无礼。"

夜深了,康威的确没发现他们有何不礼遇的地方。他感觉此刻在精神上还没摆脱警觉,但是身体已经非常舒适了,这是一种独特的感觉,他在此地所见所闻均体现出了文明时代的特征,香格里拉的生活比他想象中期望的更令人吃惊,他很满意。西藏的佛教寺院能提供良好的供暖设备,在连拉萨都出现了电话的时代或许很正常,神奇的是它竟然将西方的卫生技术和东方的传统艺术完美地结合在一起,令人慨叹。在他适才享受过的那间浴室,就有贴着俄亥俄生产商标的高级瓷浴盆,他得到了侍者们纯汉式的服侍,他们给他洗干净耳朵和鼻孔,并用一支绸子做的细签为他擦拭眼睑,他便猜测其他3个人也享受到同样的侍候将会怎样评价。

在中国生活的10年中,康威并非一直在大城市,无论如何,这是他一生中最美好的时光。他喜欢中国人,喜欢中国人的生活方式,这种生活使他享受到悠闲。他尤其钟爱味道独特的奇妙的中国菜,在香格里拉享用的第一餐他就发现了那种洋溢着热情的熟悉的亲切感,他估计这些菜中或许放了什么能够调理呼吸的药草,这不只是他个人的感受,看得出,其他 3 个人都轻松多了。他发现张先生只吃了一小盘凉拌蔬菜,

松赞林寺的扎仓大殿。该寺以此为中心,周围修筑宛若八瓣莲花的康仓,分管八大教区,加上宗喀巴殿、护法神殿、净室僧舍等建筑,气势恢宏。其格局仿自布达拉宫,是五世达赖喇嘛亲自选定的地址。此地神圣传奇,是雪域冬季也盛开牡丹的吉祥圣地。此寺汉名归化寺。

消失的地平线

消失的地平线

香格里拉地区的喇嘛寺庙中有丰富的壁画艺术品，同时也承继了藏传佛教的彩绘装饰风格，内部建筑都饰以鲜亮色彩。彩绘图像多以佛像为主，彩绘图案则有西番莲、宝相花、云纹、卷草、石榴花、缠枝卷叶、结辐珠金、梵文六字真言、八宝图等。主要以朱红、深红、金黄、桔黄等暖色调为主，衬以青、绿为主的冷色，色彩对比非常强烈。

也没饮酒。开饭的时候他就向大家解释道："很抱歉,我得严格控制饮食,这对我的身体有好处。"

在这之前他也这么强调过,康威想不通他在用怎样一种近乎自虐的方式来调理饮食,现在与他离得这么近,才发现很难判断他有多少岁,他显得瘦削的脸庞和略为粗糙、沁出油脂的皮肤都使康威感觉他要么是个早熟的年轻人,要么是个保养很好的老头。他不是那种没有一点魅力的人,他有一种受过教养而养成的那种谦逊态度,温文尔雅得使人不易察觉他的谦逊。他穿着刺绣的蓝绸长衫,长衫下摆侧边开着叉,连同紧裹着脚踝的裤子,一概都是天蓝色。康威很欣赏他那种冷静持重得近乎生硬的性格,但他清楚其他人并不都能接受这种性格。

其实这里没有太明显的藏族的生活习俗,整个环境充满了汉人的情调,使康威感觉闲适得如同到了家里,当然,他并不在乎其他同伴怎样想。房间布局很好,装饰着绒绣挂毯和屏风,纸灯笼在静谧中闪着柔和的光,他感到整个身心都沉浸在一种安详中,他逐渐复苏的清醒头脑可能会因为那些药草而起不了太大的作用,但无论它是什么,假如菜里的确加了这种药,毕竟使巴那德的气喘病和玛里逊的焦躁缓解了许多。他俩都吃得很好,已经懒于说话,把时间都花在了吃东西上。康威也非常饿,但他并不觉得按照礼节逐步用餐是一种遗憾,他向来不愿意在本来就显得闲适愉悦的时间里把自己搞得仓促狼狈,眼下的场合正合他意。他也如此做了,他点上一支烟,很礼貌地引出话题,开始谈论自己希望了解的事情,他对张先生说:"你们一定都是很幸运的人,如此地好客,对陌生人也一样,你们的客人不是很多吧?"

"非常少,"他语气持重,同时还蛮有分寸,"此地可不是旅游胜地。"

康威笑道:"你言重了,我认为此地是我到过的最偏远的地方,这里有一种独特的文化盛行发展,因为与外界隔绝,才免受污染。"

"污染?"

"我说的污染指的是那些歌舞场所、乐

胜乐随从62尊图。唐卡。画面右上角是佛主释迦牟尼的肖像,而画面主角却是一群欢喜佛。这一观念的源头来自佛祖对性的参悟。人间的多种诱惑在性方面表现出最强的穿透力,具有多种姿态和形貌。早在佛祖还是王子时,就已经从性享乐中参悟了生之空虚。他天才地洞察了美人与尸体的类比性,察觉了性与死亡的紧密联系。只有佛能够超越其上。最终形成《心经》的终极智慧:"色即是空,空即是色……远离颠倒梦想……"西方基督教文明在面对性事时,也曾大伤脑筋,但未曾取得符合人性的进展。希尔顿对佛法的局限认识,使他深信在香格里拉中,人类会信守适度法则来规范性生活,这种东方的长寿之道可以有效控制人类的欲望,从而达到乌托邦世界必需的节制和平静。

消失的地平线

电影《消失的地平线》剧照。康威以他山地生活的丰富经验，采用了当地人那样的登山技术，用绳索和身体关节迎合悬崖峭壁的自然趋势，脱离险境。

法国女探险家大卫·妮尔的探险队在山间平地安营扎寨，从这张老照片可以看出当时的探险需要调动很多人，很多马，很多物质才可能实现一点点进展。想进入香格里拉谈何容易。

队、电影院、霓虹灯广告牌等等。你们使用的抽水马桶已经很先进了，我认为只有那些真正实用的东西才值得你们从西方引进。我一直认为罗马人非常了不起，他们的文明使他们能够在使用先进的热水浴室的同时避免了实际是属于灾难的机械文化。"

康威停了一下，他其实是想造就出某种气氛，这并非做秀，他一向是贯于即兴发挥、同时能控制谈话局面的，这是他的优势，这样做仅仅是出于礼貌，还可以掩饰一下自己的好奇。但是卜琳可萝小姐可没考虑到那么多，她毫不客气地问："你能向我们介绍一下这座寺庙吗？"

张先生皱着眉头，不失儒雅地流露出对这种直率的不满："好的，小姐，只要是我所知道的，你想了解些什么呢？"

"你们这儿的人数，以及民族。"看来她思路清晰得如同在巴司库的修道院里一样，三句话不离本行。

张先生说："专职喇嘛有50来个人，还有不多的一些人属于编外的，比如我，还没皈依，但是过段时间就能皈依了，皈依后我们只是半个喇嘛，和你们所说的教徒是一个道理。至于这里的民族，民族很多，这很正常，主要是藏族和汉族。"

卜琳可萝小姐向来爱下结论，即便这个结论是错的："我知道了，这里其实是一座土著寺院，你们的主持是藏人还是汉人？"

"都不是。"

"有英国人吗？"

"有两三个。"

"上帝！这真是奇迹。"卜琳可萝小姐缓口气又说，"接下来，我想知道你们的信仰。"

康威向后靠靠，猜测充满趣味的事情可能会发生，他很善于在人们发生冲突的时候旁观以博得乐趣，满身女权色彩的卜琳可萝小姐的直率和喇嘛教哲学遭遇一定别有趣味，同时他并不希望主人被过于质问，便乘机说："这可是个足够大的问题。"

卜琳可萝小姐并不顺着台阶下，给别人带来催眠效果的酒似乎带给她的是十足的振奋。她显得非常宽容地说："我个人信仰真正的宗教，但是我也很大度，我不排斥其他人，我是说外国人，他们

蓝月亮山谷。摄影作品。曾获得科伯克自然环境摄影大赛风光组特等奖。作者吉米·哈特是个香格里拉迷,他喜欢将他的作品以《消失的地平线》中的名字来命名。他在世界各地寻找香格里拉。在尼泊尔,一位老喇嘛对他说:"香格里拉就在你心中。"

消失的地平线

总是那么偏执。当然了,我并不希望自己的观念会在一个喇嘛寺里被认可。"

她语气缓和,使得张先生非常正经地鞠了一躬,他用纯正的英语问:"怎么会不被认可呢,小姐?如果我们认定了一种宗教是真的,难道就意味着除此之外的宗教都是假的不成?"

"是的,这不是明摆着的吗?"

康威再一次打岔道:"我认为没必要争执,我和卜琳可萝小姐一样想想了解为何要建立这样一个独特的宗教机构。"

张先生缓慢地回答,简直就像在自言自语:"尊敬的先生,简单说,我们信仰中庸之道。我们提倡一种美德,那就是排斥过激的言行,包括那些模棱两可的想法,或许你很难理解,美德本身也是在一定范围内的。你们看到过的那个山

消失的地平线

洗澡。摄影作品。从20年代开始,洗澡作为最文明的象征在欧洲挑起一场革命。然而,当时的欧洲大多数家庭并不具备洗浴条件,人们只能像照片中那样用黄桶匆匆完成文明的洗礼。希尔顿在小说中特别强调香格里拉的洗浴设备比欧洲还先进,意在说明香格里拉的文明程度很高,消费能力很强。作者设此悬念,是让它作为推论的起点,得出香格里拉盛产黄金的结论。

谷里,有几千居民都遵从我们的管辖。我们知道道义往往能带来幸福,中庸是我们约束规范自身的尺度,而且我们满足于中庸带给我们的遵从的态度,我认为我们的人民在有尺度地过着节俭的生活,有尺度地保持气节和纯净,并且有尺度地做到忠诚厚道。"

康威笑起来,他认为张先生说得很不错,同时他认为这些话正与他脾胃相投:"我觉得不难理解,早上去看我们的那些人都是山谷里的居民吧?"

"是的,一路上他们没有慢待你们吧?"

"没有,真的没有,不管怎么说,我都很满意他们走得那样稳当,很有分寸,你是很细心的人。顺便问一下,中庸之道对他们来说,是不是有与你不相关的职责?"

张先生摇头道:"对不起,先生,我不想谈论这个话题,我只能告诉你我们这些人都有各自的原则和习惯,不过,对于异域的习俗观念,我们中的大部分人都能够正确看待,实在对不起,我的确不能多言。"

"别这么客气,这足够我去回味了。"康威从自己说话的语气和身体的感受中都体味到了一种轻微的麻醉状态,玛里逊好像也有同感,但他乘机说:"的确,所有这些都很有意思,不过,我还是觉得,此刻我们该谈谈怎么才能离开这里,我们想快点回到印度,我不知道你能为我们提供几个向导?"

这问题确实太实际了,也确实太直截了当,一反温文尔雅,同时毫无理由,静默了很

法国东方传教社的女传教士卜琳可萝在本书中不是可有可无的人物,更不是为了平衡性别比例安排出场的点缀式人物。她是当时欧洲文明现状的代表人物,是作为第一次世界大战后产生的正面后果而出现的。我们都知道战争摧毁旧文明的同时,有些新文明会应运而生。第一次世界大战后欧洲女性推开了历史的阻隔,大量涌现于各个行业,广泛的妇女解放获得了认可。卜琳可萝就是这样的解放者,她要做男人们才能胜任的工作。同时,她也是基督教最后一次全球传教热的代表,基督教试图拯救被摧毁的文明,然而已力不从心。作者高明地预见到只有香格里拉的适度原则可以帮助人类。

久,张先生才说:"玛里逊先生,实在对不起,这件事情我无法帮助你,而且,我感觉这件事情并不是立刻就能解决的。"

"但是,总得想个办法啊,我们还得回去工作,亲友们也在担心我们,我们得回去。很感谢你盛情款待,但我们的确不能在这里干耗下去,假如可以,明天我们就走,我认为应该有不少人乐意护送我们,我们不会亏待他们的。"

玛里逊试探地提出他的想法,他似乎希望不必费太多口舌就能得到回应,但是张先生却和气地责备道:"你说的这些,显然都不是我的职权所能解决的。"

"是吗?但是不管怎么说,某些事情对你来说并不难,假如你能给我们提供依仗此

希尔顿在书中多次描写荷花的美,他希望以此寓意香格里拉的一切事物都与佛陀有紧密联系。

消失的地平线

地的大比例地图，会对我们帮助很大，我们显然要走很多路，早点走也是这个原因，我认为你们应该有地图。"

"是的，有很多地图。"

"好的，只要你愿意，我们想借几张，看完就还给你。我想你们应该和外界有联系的，假如能往外带个信就太好了，这样亲友都可以放心了，附近有电报局吗？"

张先生略起皱纹的脸上体现出足够的耐心和宽容，但是他却没回答。

稍顷玛里逊又说："可是，假如你们想要什么物资，你们怎么得到？我说的这些东西都是文明世界的。"他神色不定，声音中能听出忧虑和慌乱，他突然将椅子猛推了一下，站起身来，脸色苍白，焦虑地用手揉着前额。"我烦透了。"他断断续续地说，望一眼，"我感觉你们谁都帮不了我，我仅仅是在问一些很简单的问题罢了，你一定知道是怎么回事情，你们怎么会有如此先进的浴室？这些东西是如何从外界带进来的？"

又是沉默。

"看来你并不想回答我？我认为这只是你们所有秘密中的一部分。康威，你他妈真窝囊，你是不敢面对现实，我只能认栽了，但是不要忘记明天，我们必须走。"

假如康威不把他及时抓住放到椅子上，他肯定就跌倒了，最终他总算平静下来，却不再说话。

"明天他会好过来的，"张先生平和地说，"此地的空气刚开始会使人不适应，很快就会好的。"

康威有些清醒了。"他是有些难为情。"他替玛里逊说话，语气里带着怜悯，随之非常自在地道，"我和大家一样觉得此事蹊跷，不管怎样还是别再谈这件事情了，是睡觉的时间了，巴那德，你照顾玛里逊吧，卜琳可萝小姐，你得好好歇一觉。"

此时，一声召唤，一个侍者进来。康威几乎是把自己的同伴推出屋子的："晚安！晚安！你们都去休息吧，我随后就来。"接着他尽量谦逊地转向张先生，一失起初的态度，玛里逊的话多少

法国女探险家大卫·妮尔拍摄的桑那顿巴喇嘛的私人藏书室。如此讲究的书房装饰曾令女探险家感叹不已。此书房的藏书多是藏经手写本。大卫·妮尔曾描述过藏语的精妙之处，她说："音节和词都随着前后词句的变化而变化着，浓淡明暗交织，如同一幅油画，一句藏语就是一段小小的曲子。"大卫·妮尔曾雇人抄写纳西族的东巴经卷，令她惊奇的是，这里的人几乎都会写字，找一个抄写员比找张纸还容易。

香格里拉地区现存的大量外文藏书。希尔顿是小说家,对书籍有着发自内心的偏爱,当设计香格里拉时,大量藏书和即时的信息都是作为文明的标志而出现的。他特意强调,在香格里拉所有喜爱探索精神问题的人,都可以从容不迫地做他想做的而又不会产生多少实际利益的研究。在此,希尔顿已经看到了西方物质文明的强大力量,已经迫使人类必不可少的精神研究陷入了窘境。只有香格里拉能够延续人类的精华,精神探索者在香格里拉不会遇到缺少资料的情况。

消失的地平线

消失的地平线

还是影响到他了。

"先生,我并不想太麻烦你,开诚布公地说,我的朋友情绪不稳定,我不想责怪他,他希望弄清此事,这没错,我们必须安排一下如何回去,我们需要你和当地人的帮助,当然不可能明天就走,我自己认为最好不要在这里逗留太长的时间,虽然在这里的时光能够让人追忆,但这不代表我的朋友们的想法。如果照你所言,你确实帮不了我们,我希望能让我们去找那些能帮助我们的人。"

张先生道:"你比你的朋友要聪明,也没那么焦躁,亲爱的先生,我很高兴你能这样。"

"这算是回答吗?"

张先生笑了,这种勉强的笑让康威了解了中国人出于脸面解除尴尬的幽默方式。

"我认为你们不必太担忧此事。"张先生片刻后回答说,"这点你得放心,我们会提供给你们方便,满足你们的要求。你们能够预料到,确实有困难,不过得如实地把事情处理好,不要太操之过急。"

"我不是在催促你,只不过想了解一下如何寻找向导。"

"先生啊,这是两码事情,我担心你们很难找到愿意走这么远的路途的人,山谷里有他们的家,他们一般都是不会离家走那么远去外面忍受长途旅行的。"

"我们可以说服他们,也就是说,今早他们还将你们送到了那个地方。"

"今早?嗨,这又是两回事情。"

"那是怎么回事?我们昨天和你们巧遇时,你们难道不是在旅行吗?"

张先生没有言语,顷刻,康威非常平静地说:"我懂了,这并非偶然,说心里话,我起初就有所怀疑,你们早就策划好了去拦截我们,看来你们早就知道我们会来这里,我感兴趣的是,你们怎么知道我们会到这里来?"

他的话使本来就安静得出奇的空间平添一份紧张气息,这位汉人的脸庞被灯笼的光晕照得格外清晰。忽然张先生轻轻做了个手势,僵局才被打破,他拉开窗帘并打开窗户,从这扇窗户可以看见走廊,他碰碰康威的胳膊,示意他一起呼吸窗外新鲜纯净的空气。

"你很聪明。"他似梦般地说,"你只猜对了一部分,我奉劝你别用毫无用处的猜测给你的朋友们增添负担,相信我,你们不会在香格里拉遇到任何危险。"

"但是令我们担心的不是危险,而是耽误时间。"

"我理解,耽误时间那也是没办法的事情。"

"假如仅仅是几天,我是说,如果的确没有办法的话,我们只能忍耐忍耐了。"

"这太现实了,我期望您和您的朋友们能在这里过得愉快。"

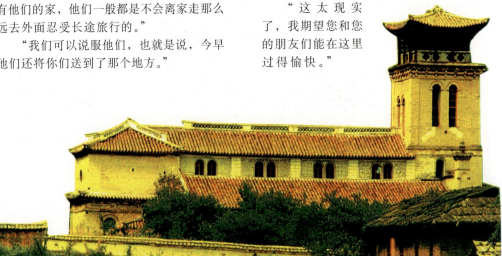

茨中的天主教堂内部结构。这座教堂的建设可追溯到1865年,当时发生了一件教案。逃脱杀戮的法国传教士亚历山大·迪朗和杜贝尔纳率领一伙教徒在此修建了教堂。起初,这里是一个只有24户人家的村庄,后来,又迁来了很多人。两名传教士曾在此创造过生命奇迹,他们用西医方法战胜了天花,使当地人没有一个死于这种可怕的疾病。

很明显,希尔顿一定从大卫·妮尔的书中获得了香格里拉灵感。他笔下的最高喇嘛具备传教士的身份就不是偶然的。有很多证据可以表明茨中这座天主教堂就是书中描写的大寺庙。香格里拉也许真的就在这块土地上。

消失的地平线

消失的地平线

"如此再好不过了,如同我曾说过的,我自己不会太在意,这种经历非常新鲜,充满趣味,无论如何我们现在确实需要休息了。"

他望着卡拉卡尔山金字塔般泛着银光的雪峰,月光如水,使它看去似乎触手可及,寥廓的蓝色天幕被它衬托得格外醒目。

张先生说:"明天你们会发现更有趣的,假如你累了,这里是个休息的好地方,世间再找不到比此地更好的地方了。"

确实如此,康威凝视此山时,整个身心都被一种独特的宁静灌满,他的整个心灵、眼睛都仿佛是这奇异的景象。和前夜里的高原飓风完全两样,此刻宁静无风,整个山谷恰如一个被灯塔似的卡拉卡尔山俯瞰的宜人港湾,他绞尽脑汁也没有想出更好的词来赞美它,的确,那峰顶泛映的光芒正是冰雪泛照出的蓝色光辉和月光照在其上所达到的必然景观。不知出于何故,他不由有打听此山名字的意思,张先生的回答似乎也是从梦中飘来:"此地方言的意思是'蓝月亮'。"

康威没有向其他人表露出任何怀疑,他认为他们4人能够到达香格里拉从某种角度来看,是当地人早就料想到的事。他掩饰自己的想法,他不得不如此,因为此事的确非同寻常。但到第二日天亮之前,他却因此陷入困惑,他估计并担心自己会更引人关注。他确信此地的怪异,昨夜张先生的言行也无法使他消除顾虑,他认为自己和其余3人都已被囚禁,除非当局能提供帮助。作为英国政府的代表之一,他自然有责任向当局提出要求,请他们出面处理此事,而一个藏传佛教寺院是没有任何理由拒绝他任何合理的要求的。这显然是一个官员此刻必须做出的选择。康威则是个敬业的官员,他在任何时候都比别人更显得大智大勇,在撤离巴司库前那几天的困境中,他的所作所为以及他在处理具体事件的时候体现出的诙谐完全可以写一部名为《康威在巴司库》的小说,并得到骑士小说奖。在暴乱期间,他带头帮助

两位法国传教士的陵墓至今仍然伴随着他们亲手修建的茨中教堂。天主教在佛教的地盘长久扎根,可以证明佛教的宽容性和忍耐力。

各个民族的人民，将他们安置在他那很小的领事馆避难，并和那些受到蒙骗误入歧途的暴乱者谈判，赢得使用飞机进行大规模疏散难民的权利，他认为这实在不是个很小的成绩。或许，他仅仅是四处交涉沟通，并不断写工作总结报告就完全可以获得明年的新年荣誉勋章，但起码他因此博得了玛里逊的敬重，而这个年轻人现在开始对他失望了。康威开始承认他能赢得众人的尊敬仅仅是因为人们并不了解他，他实际上不是个坚强勇敢、勇往直前的帝国元勋，他的所有行为都只是些小聪明、小把戏，命运却给他带来了在外交部的事务中不断表演的机会，而这一切仅仅是为了得到与一本小人书的页数相差无几的薪水。

此刻最现实的问题是香格里拉之谜以及他自己如何到了此地，这些困惑在不断纠缠着他的思绪。但是不管发生什么，他都不能使自己在此地有任何担心和害怕。职业的原因，他总是会到世界上最偏远的地方，似乎已经形成条件反射，越到偏远的地方，他的郁闷和无所事事的感受就越少，究竟是什么原因呢？此刻抱怨是不会带来什么转机的，这一次并非因为行政调动使他到达这最偏远的角落，而是一次意外事故。其实他并不爱抱怨，早晨他一起床就望见窗外色泽柔和的黛青色天空时，他就再也不想上世界上其他任何地方去了。令他欣慰的是，一夜的睡眠使他的同伴都振作了起来。巴那德在继续说笑，他兴致勃勃地和大家谈论这里的床铺、浴室、早餐，以及当地热情的礼仪带给他的有趣感受；卜琳可萝小姐则称她在自己的房间里紧张地到处寻找，却没有将她自己的浴室门打开；甚至玛里逊也不再总是绷着脸，而是一副得意的样子，他嘀咕道："我认为，今天要走是很困难了，除非有办事特别利索的人，我们遇到的是真正的东方人，你不该奢求他们能高效率地处理事情。"

康威也有同感，不过，康威认为东方人并非拖沓不堪，实际上英国人和美国人总爱用一种荒唐得过分的狂热态度来对世界指手画脚。他不在乎自己的观点是否能被其他西方人认同，只是年龄越大，生活的经验越丰富，他越是确信自己的认识。再说，张先生是一个出色的辩士，玛里逊没有耐心也是很自然的事情，康威便期望自己也有点点不耐烦，这样，小伙子会平衡一些。

他说："我们还是看看今天的遭遇再说吧，要想让他们在昨晚就能帮助我们那是不可能的。"

玛里逊很生气地抬起头来："我如此着急，你却认为这是自作自受。我可没那么好的控制力，我还是认为这个汉人无法令人相信。我们去睡觉后，你是否从他口中得到点消息？"

"我们没怎么说话，他总在遮掩。"

"我们今天还得跟他斗智，这倒也有趣。"

"那是自然。"康威虽然也这样认为，但是并不热衷，他说，"早餐很不错。"

他们的早餐是柚子、茶水、煎饼，侍者

伺候得也很好。快吃完早饭时,张先生进来微施一礼,接着用英语开始中国式的冗长的客套话。康威很想和他说汉语,如此只能装作自己并不会说中国话,这样,他感觉自己拿到了一张用得着的牌。他很认真地听完张先生的客套话,也客气地说睡得很好,感觉也很好。

张先生表现出很宽慰的样子说:"是的,这正合了你们英国一个诗人的话:'忧虑是扯烂的衣袖,用睡眠可以缝补好。'"

他的才华却没有得到响应,玛里逊认为只要是有点智力的英国青年都熟知这些话,他轻蔑地说:"你是在说莎士比亚吧,我可没听过有这么一句。我只听过另一句:'与其站着听行动的命令,不如马上行动。'我可不是在找茬,大家现在都这样想,假如你不介意,我现在就想去附近找个向导。"

这个汉人并不理睬他的最后通牒,他慢悠悠地说:"我觉得非常遗憾,估计不会有多少人会陪同你们走那么远的路。"

"哦,先生,这并不是你的回答吧?"

"我的确得表示歉意,我无法给你们出更多的主意。"

巴那德插话说:"或许你昨晚就准备好了这些说辞吧,看来你对此事也是没有任何办法了。"

"我并不想让你们在长途跋涉后疲惫不堪时又增添失望,你们现在休息了一夜,已歇过来了,我认为你们会明白这些都是很自然的事情。"

康威很尖锐地插话道:"你看,这样含糊其辞自然不可能有结果,你也明白我们不会就这么干耗下去,而我们又不可能自己离开,不知道你如何看待此事?"

张先生体现出大方并自信的微笑,这显然是专门针对康威的。他说:"亲爱的先生,我并不愿意隐瞒自己真实的想法,但是你这些朋友的态度是无法让我去回答他们的,但是,我不会拒绝一个懂得道理的人的要求。你应该记得昨天你的朋友问我们是否和外界有偶尔的接触,确实如此,我们有时会从距离这里相当远的一个市场去买些东西,都是定期提取,具体怎么取是不用各位操心的。重要的是这些货物都能如期迅速送到,送货

喜金刚塑像,也称饮血金刚,是明王的变形。明王拥抱着明妃。明妃腰挂的50个骷髅,代表梵文的50个字母。喜金刚代表性与觉醒,是佛的世界中最阴性或母性的宇宙力量,是原始性图腾的奇妙升华的产物。在香格里拉的世界中,佛教作为最宽容的宗教力量,被用来化解其他宗教的偏执信仰,使人类能够在适度原则下找到灵魂的归宿,而不至于被偏激行为误导入西方文明的血腥历程。

信徒们在喇嘛庙里的大法轮周边转径。

的人也随后就返回了。我认为你们应该想办法联系上他们，这样安排妥当些。我再没有其他任何办法了，我希望他们到这里的时候……"

"他们什么时候到这里？"玛里逊唐突地打断他的话。

"到底哪一天来没人会预料得到，就如你们已经经历过的，从这个地方进出困难重重，各种意外和危险都能遇上，像是恶劣的天气……"

康威插话道："需要搞清楚的是，你提议我们雇用那些马上要到这里的送货人替我们搬行李，真是这样的话，确实是件好事。不过我还得知道，第一，我们已问过，他们这些送货人大概什么时候会来？第二，他们能把我们带到什么地方去？"

"这个，你们得问他们了。"

"他们能带我们去印度吗？"

"这个我说不上。"

"好的，我们谈谈另一个问题，他们什么时候会来？就说大概时间吧，是下星期，或者明年？"

"距离现在大概几个月的时间吧，或许不会超过两个月。"

"或许是3个月，4个月，或者5个月，"玛里逊又开始激动了，"你认为我们会在这里，毫无期限地等那些送货队或者马帮、或是其他人给我们带路吗？"

"先生，我认为'毫无期限'说得过了，假如不发生别的事情，你们不会等太久，起码不会超过我说的时间。"

"但是两个月！在这里呆两个月！太荒唐了！康威！你再别对此抱希望了！两个月已经足够长了"！

张先生整理了一下自己的长衫，表达出一个要结束交谈的姿势，他说："实在抱歉，我无意对你们不恭，不管你们在此地多久，喇嘛寺都能给你们提供最热情的款待，除此确实无可奉告。"

"不需要你告诉我们什么。"玛里逊发起火来，"别以为你可以支配我们，不用怕，我们可以自己寻找向导。不管你是打躬作揖，还是想说什么！"

康威拉一拉他的胳膊希望阻止他，玛里逊显然开始孩子气了，他怎么想就怎么说，无所顾忌。康威认为可以理解，何况他这种性格，又是这种环境，但他还是怕得罪这个汉人，使他多心。不过张先生很有眼色地离去了，他以一种令人敬佩的机智立即回避了这场尴尬。

喇嘛庙一般都有壁画。画师在墙上用鹅黄色胶汁打底，再描红黄蓝3色框边，在框中打出细格，按比例规格勾勒图像，填上颜色，绘制而成。讲究的还要描金，这是藏区壁画最显著的美术特点。

唐卡为藏语音译，意为卷轴画，一般绘制在丝绸、绢面和布面上，是藏传佛教的特色画种。唐卡通常高1米左右，大的可达几米、几十米，甚至数百米。

消失的地平线

消失的地平线

第五章
飞行员的葬礼

他们一上午都在议论此事。平日里，他们4人本该在百峡洼喧闹奢侈的夜总会尽情享受，或者是在安静的教堂里作礼拜，现在却要在一座喇嘛寺里最起码呆上两个月的时间，这自然是一件令人心惊的事情。但是很多事情就是这样，他们初到此地的震惊带给他们的是一种愤怒和惊异，而此刻，即便是玛里逊也在发完脾气后慢慢平静了，显得迷茫而宿命。

"我不想再说什么了，康威，"他神经质地猛吸口烟，"你了解我的感受，我一直都认为此事可疑，现在越搞越复杂了，我不想再谈论此事了。"

"我不会因此责怪你的。"康威说，"糟糕的是此事并非是是否遵从我们意愿的问题，而是我们必须接受的一个现实。直说吧，如果这些人不肯，或者无法给我们帮助，我们只能等那些送货人了。很遗憾，得承认我们已经没有任何办法了，这就是现实。"

"你是说我们必须在此地呆两个月？"
"我确实想不出别的办法。"

玛里逊漠然弹去烟灰："算了，两个月就两个月，现在我们还是为此庆贺一下吧。"

康威接话道："我认为这和我们在其他那些偏僻地区呆两个月没多少差别。做我们这一行的，已经很习惯被派到偏僻地区，我们大家的情况应该都没太大差别，有亲友的人自然没那么方便了，对我自己来说，我认为能适应这种生活和环境确实是我的幸运，我没有牵挂，只有工作，无论做什么，比其他人要轻松很多。"

他面对其余几人，似乎特意引导他们相互谈论各自的状况。玛里逊什么也没说，但康威对他大概有所了解，他父母和女友都在英国，因此他总是感到有压力。

巴那德则承认正如康威所言，他是个天生诙谐的人，他说："嗨，我认为我也是够幸运的，坐两次监狱又坐不死人，我的父母兄弟不会漏掉一句话的，因此我总是无法把信写好。"

"你得记着将我们的名字都写到信中。"康威提醒他此地信件根本不能送出去，人们只能想到最糟糕的事情，巴那德才有所悟地咧嘴笑道："是的，的确是这样，但是这对我没什么影响，你尽管放心。"

康威对此很满意，虽然此话令人困惑，他便又去关注依然没说一句话的卜琳可萝小姐，在和张先生谈话的时候她也没有吭过声，因此他认为她

大概不会有太多的担忧。

卜琳可萝很轻松地插话道："巴那德先生说得对，没必要因为在此地呆两个月而大喊大叫，只要主欢迎你，无论你到哪里都一样，既然是天意如此，我就当是主召唤我到此地来了。"

康威认为如此状况下这种心态还不错，他鼓励她道："我确信你回去后，你的教友们会很满意你，你能给他们很多有用的信息，毕竟这对我们来说是一次非同凡响的，也算是一种收获吧。"

接着他们开始你一句我一句地谈论起来。

巴那德和卜琳可萝小姐能这么快适应过来令康威惊异，同时他自己也轻松了很多，只能再去开导郁闷的玛里逊了，不过，如此谈论半天他也有了变化，虽然看来还是不稳定，但起码会朝好的方面去想此事了，虽然他仍在叫嚷"只有老天才知道我们的出路"。但他这么抱怨仅仅是在释放一下而已。

"我们先得解决的第一件重要的事情就是不要彼此制造紧张。"康威说，"不过此地非常宽敞，人口非常稀少，到现在除了几个侍者我们还未见到别人。"

巴那德找到了另一个让人宽慰的理由，

"起码我们饿不着,无论怎样,我们至少能吃几顿好饭,康威,你也看见了,此地没有太多的经济来源,像那些浴室,肯定要花钱,而我没有从这里发现谁有收入,除非是山谷里能找到活的那些人,即使这样,他们也生产不出足够提供出口的东西,我倒认为他们是否有什么矿藏。"

"此地就是个神秘地区。"玛里逊回应道,"我能肯定他们都藏了巨额钱财,如同耶稣会那样,比如浴缸,可能就是某些富得流油的信徒赠送的。无论如何,只要离开这里,我也就不会心烦了。假如是我们需要到的地方,此地应该是个很好的冬季运动场所,我不知是否可以去远处那些山坡上滑雪,或者是做做别的运动?"

康威风趣而锐利地扫他一眼:"昨天我发现雪城花时,你可是提醒我说此地并非阿尔卑斯山。现在轮到我如此说了,我不会提议你在此地来个温根·思德基的花样。"

"我认为此地还没人见过花样滑雪。"

"更不可能见到冰球赛。"康威玩笑道,"你最好尝试组织一个'绅士喇嘛队',如何?"

"那还得教会他们怎么比赛。"卜琳可萝小姐脸上幽默,语气却依然持重。

消失的地平线

消失的地平线

午餐依然丰富，菜上得很及时，都是些特色菜，令人回味。当张先生进来时差点又开始了争吵，幸好这个汉人很宽容，也很聪明世故，表现出和好的样子，而4位异乡人也正好顺水推舟，因此他们很高兴地接受了他的邀请，愿意在喇嘛寺里四处走走看看。

巴那德说："当然要看看了，我们可以在此期间好好参观一下这个地方，我认为我们不大可能第二次再来这里了。"

"当我们乘坐那架飞机离开巴司库时，我可没想到会到达这样一个地方，做梦都没想到。"

卜琳可萝又冷不丁冒出一句话。

张先生开始陪同他们四处走动，参观寺院。

"我们还没搞清楚我们是怎么到这里来的。"玛里逊忘不了他的老问题。

康威没有种族歧视，同时这成为他伪装的一种方式，这些有时会在夜总会和火车的一等车厢里用得着，他总会观察到那些有着肉红色脸的"白种人"。尤其在印度，康威的确有能力随机应变从而远离麻烦。但在中国根本不用如此，他的中国朋友很多，他从来没有看低过他们，因此对于张先生，他很准确地判断出这位很有风度的老者虽然不能说绝对可靠，但的确是一位智慧、博学的人。玛里逊对张先生的看法完全出自直觉和想象的牢笼，卜琳可萝小姐的看法如同她自己一样顽固而盲目，巴那德则把他视作一个脾气不错善于交际的男管家。

而这次别样的香格里拉之旅带来的趣味足够他们抛弃一切成见。康威并非第一次参观寺院，这个喇嘛寺是他所见最大的，也是最非凡的一座，不管它处在怎样偏远的地区，仅仅是参观那些厅堂和院落就用了整整一个下午。康威确实在这里发现许多公寓式的房屋，也看到一座座楼房，但是张先生没让他们进去。参观后大家都有了各自的看法。巴那德更确信喇嘛们的富有，卜琳可萝认为这是他们道德败坏的最好证据。玛里逊的新奇感一经消失，只认为这种参观并不比在低海拔地区观光轻松多少，他可没把这些喇嘛当成英雄。只有康威逐渐为之倾倒并开始迷恋此地，还没有任何一个地方是以如此的朴实、优雅、和谐的风格这样吸引过他。

的确，只有刻意去思考并回味才能使他从一个艺术家的沉醉中回到一个鉴赏家的判断中，他逐渐确认出那些物品都是博物馆和百万富翁们争相高价寻求的珍品：精致的宋代珍珠蓝陶器、上千年前的水墨古画，绘制着幽怨仙境的精巧漆器，笔调细腻、巧夺天工，以及那些几近完美的瓷器和釉彩的光泽，均映现出一个无法雕琢的、飘荡的仙境。毫不夸张，也没有任何牵强和过分的撞击感。这些奇珍异宝一样的物品透出一种鲜花叶瓣上散发出的清雅，这里的一切都会令收藏家迅速狂热起来，

希尔顿在本书中安排一位美丽的公主出场，实际上是将她当作夏娃的角色来设计的。这位公主看不出实际年龄，年轻锐美，其实是一位很老的处女，可能是文学作品中出现过的最老的处女。只有香格里拉才能创造如此超现实的奇迹。她像夏娃一样，经不起邪恶的诱惑，最终促成了失乐园的憾事。康威失去香格里拉的真正原因其实是因为她爱上了这位清朝公主。

而康威并不是收藏家,他没有那么多的钱,也没有占有欲,他如此沉醉于中国的艺术完全是一种心灵的感悟,在一天比一天喧闹复杂的世界,他开始沉醉于那些能够独自享受的幽雅、简单、精致的东西。他一面穿越一间间馆舍,一面想到卡拉卡尔山承载着冰川雪峰的宏伟之象就衬托并包裹着这样一些脆弱而精巧的玲珑珍品,内心不由荡起一种淡淡的忧伤。

但是,喇嘛寺除了中国的艺术珍品,还有使人意想不到的图书馆,这些图书馆非常高大,均是特意建造的,书籍丰富而孤单地收藏在壁龛和橱架上,使人感到一种超越了智慧与气派的庄严气氛。康威逐眼看过,惊奇地发现这里竟然有世界上最优秀的文学作品,好像还有一些奇怪古奥的东西他无法判断,另外还有许多英文、法文、德文、俄文版的书籍,并收藏了中文和其他东方的文学书刊。康威更感兴趣的是关于西藏的著作,他在其中发现了几部孤本。

康威在认真翻看这些孤本时,张先生很惊奇地注视着他。"难道你是个学者?"他问。

康威不好回答,依他在牛津的经历可以说是。他清楚对中国人来说,"学者"是对一个人的最高评价,而对英国人来说,却有自负而底气不足的味道。再说他还要顾及另外三个人的感受,因此他不愿意接受这个封号。他说:"我的确喜欢读书,只是这几年的工作不会让我再去进行学术研究。"

"但你渴望如此?"

"这,怎么说?我知道这也是自得其乐。"

"这个东西值得你研究研究,康威,这是一张地图,这个地区的。"玛里逊提起一本书插话说。

张先生说:"我们收藏有几百张地图呢,这些地图你们都可以查阅,但是,为了不使你们白费力气,得说清楚的一点是,你们不会在任何地图上找到香格里拉。"

"这就奇怪了。"康威无法理解,"我可以知道为什么吗?"

"理由很充分,但我怕不能再多说了。"

康威仅仅一笑,而玛里逊又开始发起牢骚了,他说:"故作神秘,目前为止我们都没发现有什么需要隐瞒的事情。"

"你怎么不带我们去参观一下那些修炼的喇嘛?"卜琳可萝小姐忽然像是从寂寞中突然醒转了过来,她的声音好像是在吹长笛,把众人吓了一跳,使人感觉她一脑袋里全装着一大堆模模糊糊的当地土著手工艺品的图像,那些毛织的毯子之类的,也许是一些她归去后可以肆意吹嘘的奇特原始物件。她有非同寻常的能力可以使自己表现得临危不惧,同时还丢不掉愤事嫉俗的样子,她是个各种顽固脾气的混合物。

张先生并不在意地回答道:"很遗憾,不可能带你们去参观喇嘛,或者说,几乎很少有人去看喇嘛。"

"那我们就失去和他们见面的机会了吗?"巴那德说,"太可惜

电影剧照。最高喇嘛的形象。这位卢森堡人名叫裴络尔特,他1719年进入西藏传教,不小心跌入香格里拉。98岁开始研究佛经。他活了250岁。是香格里拉历史的见证者。同时,他也是西方文明从繁荣走向衰落的象征。他代表垂死的西方文明必须通过佛教的拯救才能获得新生。

希尔顿的手迹。

消失的地平线

93

了,你无法了解我多么想和你们的主持握一握手。"

张先生很宽容地肃然点了点头。

但卜琳可萝小姐却不依不饶:"喇嘛们都在做些什么?"

"小姐,他们都在静心修炼,培养智慧。"

"可这算不了什么。"

"你是说他们无所事事?"

"我想是这样。"她趁机总结道,"张先生,是这样,我们很高兴地参观了这里,确实很愉快,但我没有发现此地到底有何善举,我是很想看到些实例。"

"也许你该喝点茶了?"

康威开始感觉到近乎滑稽,但立即证明这是误解,整个下午很快过去,张先生虽然吃得很节省,但是却有地道的中国人饮茶的闲

趣,卜琳可萝小姐也承认参观画廊,博物馆都是些令她头疼的事情。大家都同意喝茶的提议,便随张先生穿堂过院,忽然如入画卷,顺柱廊间的台阶下去,进入一个花园,池塘里荷花诱人,一池荷叶一片挨一片,使人恍若走至一块湿润的彩色地毯边,"地毯"的边角装饰着生动的动物雕像,有狮子、龙、麒麟,一个个凶猛异常,栩栩如生,但这不但不和四周的祥和氛围相冲突,反而更显得宁静。整个园林布局尽善尽美,令人目不暇接,毫无夸张与奢侈之感,甚至于蓝瓦屋顶上露出的精妙绝伦的卡拉卡尔山的顶峰都倾心融合在这自然天成的雅致图卷中。

香 格 里 拉 的 闯 入 者

恒司祈迹
1803年闯入香格里拉
他对应的历史事件是拿破仑的崛起。

两个英国传教士
1815年闯入香格里拉
他们对应的历史事件是拿破仑惨遭滑铁卢。

三个西班牙人
1822年闯入香格里拉
他们对应的历史事件是席卷全球的寻找黄金热。

他在香格里拉收藏中国艺术品、图书和音乐资料。为了确保得到这些东西,他设计和完善了香格里拉的秘密货运机制。1910年,他被一个闯入的英国人枪杀。

这两个英国人在香格里拉从事研究工作,一个研究柏拉图,一个在数学方面取得了不俗的成就。

他们在香格里拉指导黄金的开采,用他们丰富的矿物学知识确保了香格里拉的生命线。

"实在是个精美神奇的微型世界。"巴那德慨叹道。张先生又带他们进入一座亭子里,这更是康威所欣赏的。那里放着一台拨弦古琴和一台现代豪华钢琴。康威认为这是整个下午所见到的奇事中的奇事,但是张先生坦诚地解决了他的所有疑惑,归纳为一点,张先生说喇嘛们很喜欢西方音乐,特别是莫扎特的作品,他们收藏有所有的欧洲经典名曲,喇嘛中还有些是非常出色的乐手。

巴那德怀疑这些东西是如何运来的:"你该不会告诉我们这钢琴也是通过我们昨天走过的那条路上运进来的吧!"

"再没别的路了。"

"哦,现在可以放心了,如此说来,只要再添一台留声机和收音机你们就应有尽有了?虽然你们并不了解流行音乐!"

"的确是这样,我们已经打了报告,只是有人说山太深接收不到无线电波,对于留声机,也提议过,他们说慢慢来。"

"即便你不这样说我也确信是这样。"巴那德说,"我肯定你们组织的口号是'慢慢来吧'。"他大笑起来,接着说:"说得现实点,如果你们的负责人打算来一台留声机,通过多少程序可以得到?显然不会有制造商给你们送货,或许你们会有代理商什么的在北京或上海或者其他地方?我确信,当你们得到这些东西时,每件东西肯定都涨价了。"

但张先生却不再直言了:"你很善于推断,巴那德先生,只是我不能再多说什么了。"

康威发现线索又呈现出若有若无,似存在又似随时会消失的时刻,他本想尽快连猜带蒙把线头理出来,虽然不断到来的稀奇古怪和神秘更拖延了真实出现的时间。

消失的地平线

以及他们对应的历史动荡

美司特
1887年闯入香格里拉
他对应的历史事件是全球风行的科学探险热潮。

一个希腊商人
1820年闯入香格里拉
他对应的历史事件是欧洲掀起的亚洲通商热潮。

一个英国人
1840年闯入香格里拉
他对应的历史事件是鸦片战争。

历史上确有某人,他是德国最有名的探险家之一。他生于1845年,1887年在西藏失踪。

他在香格里拉管理贸易方面的事务,发展出一套对商业极富启迪意义的管理原则,总结出适度原则实用于商业的各种优良效果。

他参加侵略中国的战争,逃离战场后进入香格里拉。他在香格里拉研究吉本和斯潘格勒的著作。

此时，一个侍者送上清茶，同时一位穿汉族服装的姑娘款款行至钢琴前弹起拉米欧的一首加伏特舞曲。琴声拨动起康威的心波，一种欣慰和愉快油然升起，乐声丁冬，散发出18世纪法兰西的气息，同时又和豪华的宋代瓷器、精巧玲珑的漆器以及仙风道骨般的荷花池交相辉映。同时，一种异香缭绕在每个人身上，好像在把穿透时代的灵光覆盖在他们彼此不能够相互融合的精神意识中。

康威注意到这位弹琴的姑娘鼻子纤细略长，颧骨很高，皮肤白皙，鹅蛋脸，是地道的满族姑娘；乌黑的长辫上的辫花非常吸引人，使她显得秀质灵巧，微翘的小嘴如同粉嫩的牵牛花，还有她那双纤纤素手，皆显出她的文静可爱。

一曲结束，她轻施一礼退去。

张先生望姑娘走远，微笑着，口气里似乎有些炫耀地问康威："还不错吧？"

"她是谁？"康威未及回答，玛里逊就抢了话。

"罗珍，她对西洋乐器很懂行，她和我一样尚未皈依。"

卜琳可萝小姐叫道："我也认为没有，她看来还是个孩子。此地有女喇嘛？"

"我们这里无性别之别。"

稍顷，玛里逊以一种高高在上的态度评价道："你们喇嘛寺的这种僧侣制度太神奇了。"

随后无语，大家都在安静地品茶，琴声余音绕梁，好像每人身上都贴了神奇的符咒，久久回味无穷。过了一会儿，张先生把他们领出亭子，问他们是否玩得愉快，康威替大家谢谢他，相互客套一番，张先生也诚挚地表达了自己的满意，告诉他们这里的音乐设施和图书馆他们随时都可以使用。康威表示非常感激，同时又问："但是喇嘛呢？

他们不是也要用这些么？"

"他们很尊重贵宾，愿意给客人提供方便。"

"哦，这才是最大方的行为。喇嘛们显然都知道我们在这里，总之我现在确实感觉如同在家里一样温馨了。张先生，你们一定有一个非常出色的人才库，适才那位小姑娘的钢琴实在了不起，她有多大了？"

"这，不好回答吧。"

巴那德笑道："你们也有为女性掩饰年龄的风俗吗？"

"是的。"张先生微笑而答。

晚餐后，康威扔下其余几人，独自踱步在静谧、洒满月光的院子里。

香格里拉是如此可人，那种芯蕊般高雅的神秘令人迷恋，空气清凉安静得似乎静止了，卡拉卡尔山巨大的峰顶似乎比白天看来更近了。康威觉得一身轻松畅通，心情非常好，情绪也非常稳定，但理智却完全相反，激动和迷惑交织在一起，他开始抽取的那条牵着秘密的线索逐渐显露出来，不过仅仅显示出让人疑惑的背景，这些奇异的事情都是如此出其不意地降临到他和他的几个偶遇的伙伴身上，现在却不知其详，变成了大家都解不开的谜，他实在无法明白这些人是何动机，但他确信最终一切都会水落石出。

经过走廊，他步入斜靠在山谷上方一块略高的阔地上，那里飘来清幽的玉兰花香，一切如诗如画，中国把这种时刻称为花前月下，康威突发奇想，认为如这月色也会有声音，必定是适才所听的拉米欧的加伏特舞曲，因此不由想起那个满族小姑娘，他在此之前绝对没有料想到在香格里拉会有女人，同时没有人会将她们和寺院的修炼联想到一起，但是他依然认为这绝对不是一件无法容忍的变革，实际上就同张先生说的一样，一个女钢琴家在任何一个奉行"中庸"的、有限度地尊崇各种意识流派的团体中都是难得的才女。他凝望着山谷边缘蓝黑色的空间，像是在幻境中，这深深的谷底与地面大概有一英里距离吧，他思索着能否得到允许去谷底一观聊天时谈及的山谷文明。深藏在这无数无名山峦中的一种奇特的文化的源地，似乎在某种模糊的神权之下。对此，他有一个历史系学生的兴奋探索欲望，再说，喇嘛寺的秘密是如此地神奇怪异。

忽然清风过处，从谷底悠远地传来隐约的声音，细听之下他分辨出是锣声和唢呐声，还有杂乱的痛哭声，或许仅仅是幻觉，很快又随风而逝了，过一会儿又随风而至，似有似无，似断似续，如此重复。从山谷深处散发出的这种生命与活力的气息仅仅给香格里拉更多一种朴实与庄重糅在一起的宁静气氛，她清冷的庭院与苍白的事件都在夜幕下安睡，一切人生的烦恼在此刻都烟消云散了，仅仅保留了不敢有一丝丝逾越之心的安静和空寂。最终他的目光无意间停留在阔地高处一扇透着橘红色灯光的窗户上，或许那正是喇嘛们静修的地方，他们的智慧就来自

电影剧照。张先生的形象。香格里拉的追寻者在中甸找到了他的原型。他叫张依拉觉。30年代，他是茨中教堂的总管，他的直系亲属，至今还生活在茨中村。据他回忆，的确有一架飞机曾落在茨中，幸存者在茨中生活过一段时间。有人据此大胆推定，希尔顿一定结识过这次坠机事件的幸存者。也就是说，小说中那段飞机迫降的故事是真实的。

消失的地平线

消失的地平线

当尼采写道："上帝死了……消失在地平线上……"时，他没有想到这句话给希尔顿提供了写作的起点。希尔顿不仅在书名上受到了启发，在精神上也是从尼采哲学出发的。他渴望着西方文明和佛教思想相结合，创造出高于现有文明的超人文明，这一理想赋予香格里拉超人社会的特征。

电影剧照。登在欧洲各国报纸上的通缉令。

那橘红的灯光中的苦思冥想？他们能够因此得道成佛吗？好像只要步入临近的那扇门在走廊上观望一下就能了解这一切，但他清楚这些机缘的渺茫，再说他还是一个被监控下四处走动的人。

阔地上经过两个脚步轻巧的喇嘛，他们随意在护墙附近走来走去，显得颇为诙谐，转身之间裸露着肩膀的彩色袍袖就粗心地掉落了下来，锣声和喇叭声又淡淡飘来，康威听见两个喇嘛在交谈。其中一个回答说："塔鲁已经让他们给葬了。"

康威对藏语懂得太少了，仅仅一句他是不能听得太懂的，只能盼望他们继续交谈下去，过了一会儿，提出问题的那个喇嘛又讲开了。康威依然能够大约听懂回答的那个喇嘛的话。

"他是死在外头的。"

"他奉了香格里拉头人的命令去执行任务。"

"他坐着一只大鸟飞过很多高山到了这里。"

"他把好几个陌生人带来了。"

"塔鲁是个风雨无阻的人，寒冷也不能阻止他。"

"不管他在外面多久，蓝月亮山谷的人都忘不了他。"

康威再也听不明白别的话了，不久他回到了房间。适才听到的一切足够成为揭开这秘密通道的另一把钥匙，并且理由如此清晰合理，使他开始怀疑自己的推测完全该推翻了。虽然他曾有一瞬间设想到这一理由，但是一种原始的奇异的直觉却在推翻这些理由，如今他也清楚这些都没有合理性，但传奇性和荒唐又占据了一切。并非是一个疯子把他们从巴司库不远千里、毫无目地地带到了此地，这是一次预谋，一次早有策划、得到香格里拉当局支持的行为。本地人都知道那个死去的飞行员的名字，应该说他就生活在他们中间，他们还为他的死举行悼念活动，这都表明这个事件是一次有组织有目的的高智商命令下的行为，甚至于时间和里程都是预谋策划好的，带有什么动机。但到底是什么动机呢？是什么动机促使他们四位无意间参与英国政府安排的飞机撤离行动的乘客，以如此独特奇异的方式被莫名其妙地带到喜玛拉雅山东南面的原始深山中了呢？康威被这个问题吓了一跳，但说不出有什么不满，事到如今，他只能面对挑战，理智地去接触来临的一切，以足够的耐力和信心去为之努力。

现在他已经有了决心，这种凄然的变故显示出以后他必须要保密了，他的同伴是不能知道的，他们无法帮助他；此院的主人更要隐瞒，他们对他也毫无帮助。

第六章
美国逃犯的宿命

"我认为在不得已的情况下，人必须去适应糟糕的环境。"一周后巴那德总结到达香格里拉的感受，显然也是值得记取的教训之一。

现在大家都安定下来了，生活也有了规律，由于张先生的安排，起初那种日复一日、过节度假般的无聊枯燥也消失了不少，此地的气候也逐渐能适应了，水土不服的反应也过去了，刚来的那种伤脑筋的感觉也没有了，每个人都心情很好，精神振作。此地昼夜温差很大，夜晚比较冷，喇嘛寺好似一个避风港，一般在中午时分卡拉卡尔山会发生雪崩。山谷中出产一种上好的烟叶，虽然大家各自的口味不同，但是这里的食品、酒和茶的味道都很好。

实际上，他们都发现，就如同几个刚刚上学的小学生，他们中总有人莫名其妙地缺席。张先生总在竭尽全力尽可能在简单的生活中制造出和气风趣的场面，他带领大家游玩，帮大家想办法如何活动，并谈诗论画，饭桌上任何时候骤然来临的冷场，都会因为张先生的侃侃而谈变得融洽轻松。谈论的话题都是泾渭分明，有些事情他极有兴致，而有些则很机智地回避，他是那种不会因为言多必失而招致大家牢骚的人，不过，爱发火的玛里逊他是不能兼顾的。康威特别想将这些话题记录下来，为他累积起来的线索再增加点材料。

巴那德甚至总爱和张先生开玩笑："张先生，你发现了吗？这是一家非常糟糕的旅馆，连个报纸都没人送过来，我得拿整个图书馆的书才能换到一张当天的《先驱者论坛报》。"

张先生总是非常认真地回答，虽然没有必要如此，他告诉巴那德先生这里有两年前的《时代》合订本，并且很抱歉地说仅仅有伦敦版的。

康威很欣慰到达那个山谷实际不像想象中那么艰难，虽然山势太陡，必须结伴而行。张先生陪同他们在那片绿色的山谷里游览了整整一天，站在山崖边，赏心悦目的山谷景色沁人肺腑，对康威来说，这实在是一次难得的、充满趣味的旅行。他们都坐在竹编的轿椅上，颠簸摇晃、非常惊险地穿行在悬崖峭壁之上，那些轿夫们却如履平地翻沟过坎，径直进入山谷，对那些精神容易过敏的人来说这简直就不能叫路，但是当他们很平稳地到达了树木丛生的山脚下或山丘上的时候，喇嘛寺的景色就一览无余了。此地真是个得天独厚之地，山谷被群山环抱，土地极其肥

沃，千余英尺内，因垂直高度温差而直接跨越了温带和热带气候。沃野上生长着各种各样的农业作物，没有浪费一寸土地，10多英里内都是良田，纵横1英里到5英里不等，虽然仅仅是个狭长的地段，但是每天最热时太阳的直射完全能够享受得到，即便在没有阳光的地方，气候也非常温和，雪山上流下清凉的溪水浇灌着四野和良田。当康威再一次望着屏障似的雪峰时，他感觉到从这美丽壮观的景致中渗透出一种奇绝而不可言传的危险，正好有一些自然屏障，能看出这个山谷曾经是一个湖泊，始终经受着四周雪山及冰川上源源而下的补养，现在则留下几条河流和溪水不断灌溉滋养着种植精细的农田和园林，这简直就是一个良性的生态环保工程，整体规划和构思出乎意料地合理，至今甚至没有受到地震和山崩的影响。不管前途如何渺茫，目前惟一能做的就是珍惜现在拥有的一切。

康威再一次被这奇异而别具风味的气质所迷醉，仅仅这一点已经使他觉得自己比起别人来，在中国度过的时光更充实愉快。山谷被雄伟的群山包围，与之呼应的则是小桥流水、亭台楼阁式的园林建筑，溪边色彩缤纷的茶馆和精巧得似乎是积木搭起来的可爱的村落，他认为此地的居民们成功地糅合了汉藏两个民族的文化传统，他们看来比这两个民族更整洁秀丽，虽然因为地域闭塞使他们稍微尝到了点近亲联姻的苦果。他们路过几位被架在竹轿椅上的陌生人身边时都会忍不住微笑，有些则哈哈大笑，他们都很亲热地问候张先生。这些当地人非常幽默、爽朗、厚道，好打听但不乏礼貌，虽然礼节敦厚但也无拘无束，整天忙碌但仍让人感觉悠闲自在。总之康威认为这是他见过的最心满意足的社会群落，即便是总在挑剔异教徒堕落症状的卜琳可萝小姐也不得不承认说这一切在外表上看来的确令人叹服。她非常欣慰地发现此地人士一律穿着整洁，即便是妇女也确实穿着扎紧裤角的满清样式的裤子，另外，她竭尽所能经过了对这座佛教寺院最富有想象力的调查，也仅仅是在一定范围内发现了些含糊地带有些生命崇拜特征的迹象。

张先生说寺庙都有自己的喇嘛，香格里拉给他们相当的自由，并没有那么多刻板教条的规矩。假如顺山谷走下去，远处还有一座道观、一座孔庙。这个汉族人说："宝石是多面体的，每种宗教自然有它存在的道理。"

巴那德很亲热地说："我是不会相信宗派争端的，张先生，你真是个大智慧的人，我一

香格里拉的最高喇嘛像欧洲当时的时髦知识分子一样，对人种学有偏爱，他把香格里拉当作诺亚方舟来建设，希望像收藏物品一样拥有每一个国家的人的品种。他终于等来了第一个进入香格里拉的美国人。然而此人却是金融诈骗犯，他既是美国20年代大繁荣的得利者，同时也是经济大萧条的失意者。1929年10月，美国经济崩溃，大多数美国人一夜之间破产了。这张照片是崩溃当天的破产者在恳求别人给他活命的几美元。

消失的地平线

的义务。"

康威说:"我认为,如果我是个传教士,那么我宁可只选择这里,而非其他任何地方。"

卜琳可萝小姐有些焦急地回答:"明摆着,假如是那样的话,是不会有任何成果的。"

"但我也没有想要什么成果啊!"

"那就不值得了,看看此地的人,怎么能仅仅由自己的爱好出发去选择需要做的事情呢?"

"这些人显得特别的无忧无虑。"

她看来有些头脑发热了:"当然了,不管怎么说,我认为学会此地的语言已经势在必行。张先生,你可否给我找一本这方面的书?"

张先生声音优雅地回答道:"这没问题,小姐,愿意为您效劳,应该说,这主意非常绝妙,非常绝妙。"

当天傍晚他们一回到香格里拉寺,张先生就为她拿来了书。起初卜琳可萝小姐看来是被这部19世纪一个德国人写的巨著吓住了,或许她已然判断出这本书并非极其严谨,而是一种"藏语速学"之类的东西,不过,有张先生帮忙,再加上康威给她打气,她很快进入状态,并尝到了实惠。康威也是自得其乐,除了他自己设想的那些有趣的、带有十足的神异色彩的问题,还有在这阳光明媚的好时光里,图书馆和乐室成为他的福地,他对这些喇嘛们有如此良好的文化素养印象更加深刻了,他们涉猎的书籍知识是非常广泛的,从古希腊语的柏拉图到英语的奥玛学说;从尼采的哲学到牛顿的理论,以及托马斯·莫尔、汉纳·莫尔、托马斯·穆尔、乔治·摩尔、奥尔德·摩尔等等,诸如此类的著作,康威估算了一下,大概有两三万册的藏书,至于这些书

定铭记你的箴言:'每种宗教自然有它存在的道理。'你们山上的那些修行者一定都懂得这个道理,我确信你的看法非常正确。"

张先生梦呓似地说:"但是,我们仅仅是就某种程度而言。"

卜琳可萝小姐却无动于衷,她认为这都是懒惰松散的征兆,她抿着嘴唇辩驳道:"离开此地后,我要申请教会派传教士到这里来,假如他们以费用为借口,那我就一直说服他们,直到他们答应为止。"

她的想法很正常,即使绝少对外国传教士有好感的玛里逊也不禁开始敬佩道:"这个传教士非你莫属,不过,还得征求一下你的意见才好。"

"这可不是个问题,"卜琳可萝小姐道,"我绝对不喜欢此地,我怎么会喜欢这里?这是我

101

消失的地平线

消失的地平线

消失的地平线

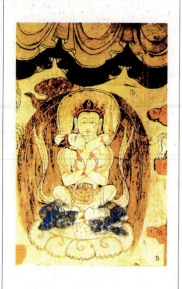

佛教探讨的是人生在宇宙中的苦难及其根源。性既是生命之源,亦是虚无之源。远古的神人在顿悟的时刻,让半透明的精气从足部上升,然后从颅顶飘逝而去。菩提心的上升通过性器官促使血液循环至颅顶,达到天人合一的境界。所谓"开天门"。"如同一只鸟从屋顶的开口飞出去。"化入宇宙。

籍是如何到了这里的,他们又是怎么选择了这么丰富的内容,就很值得探讨,也难以理解了。他也曾尝试去研究一下最近的新书是如何增加的,但最终也没有去细问,仅仅粗略翻阅了一本很廉价的复印书籍《天方夜谭》,此后的一次参观中,张先生带给他们的消息是,其中有一些1930年版本的书刊,很显然,这些书籍都是新添的一部分,这些书的确按时给送到喇嘛寺了。

"看看,我们都在努力不落后于时代。"张先生说。

"不一定大家都这样认为。"康威笑道,"你很清楚,去年世界格局已经有了显著的变化,有很多大事。"

"亲爱的先生,这太正常了,1920年可没人能够预想到今天,即便是1920年的事件也不一定就能被人们很好地理解。"

"看来,你并不关心世界在最近时间所产生的危机了?"

"我当然关心,非常关心,但现在时机还未到。"

"张先生,我认为我越来越了解你们了,实际上,你们过着与众不同的生活,和大多数人相比,时间似乎对你们没有太大的影响,假如是在伦敦,我不会急于去寻找最近的旧报纸翻阅,但是在香格里拉,我最多只想找到一年前的旧报纸看一看。我认为这两种态度非常现实。哦,想起来了,能否告诉我在我们之前,您的来宾距离我们来这里有多久了?"

"康威先生,您又提出了一个我无法回答的问题。"

谈话总会以这种方式结束,康威并没有因此而觉得恼火,正好相反,张先生有时候会尽他所能,滔滔不绝,讲个不停,这才是最令人头疼的。交往愈深,他愈是钦佩这位张先生,而使他无法理解的事情是,张先生很少和喇嘛寺的僧侣们有太多的交往,即便喇嘛是不能够随便与人交往的,那他身边就没有其他的宗教人士了吗?当然了,还有那个满族小姑娘呢。他经常会在乐室碰到她,但她不懂英语,他也不愿意这么早就让人们知道他懂得汉语。他无法判断她是出于怡兴而随意弹奏,还是为了达到级别而在做练习,她的架势、指法,以及弹奏的姿态都极其规范,同时她习惯去选取经典曲目,巴赫、卡累利,以及斯卡利特,有时候也会是莫扎特。相比之下,她更喜欢古典乐器,当康威去看她弹琴时,她会很贯注地倾听,样子恭敬、赏心悦目,但却猜不透心事,更难以猜测她的年龄,他怀疑她30已过,但又感觉不会超过13,最神奇的是,他们都无法从她这种带有明显特征的面貌上猜度出什么来。玛里逊有时候无事可做,也会来听音乐,他发觉她实在不可思议。

"我实在猜不出她在这里的职务。"他反复和康威探讨,"或许张先生那种老头才是最适合做喇嘛的,但是这么个小姑娘有什么原因要做喇嘛?我很感兴趣她在这里呆了多长时间!"

消失的地平线

消失的地平线

在香格里拉地区，有很多这样的喇嘛庙，他们面对着茫茫的云烟，体现着从容超脱的庄严。纯净的心灵修炼者永远不受时空观念的限制。

"我也感兴趣，但是，好像没人会告诉我们答案。"
"我能肯定她不反感留在此地。"
"她看来对这些都失去知觉了，她看来更像个洋娃娃。"
"是的，是像一种很可爱的，很可爱的……。"
"从她自身来看，"康威笑道，"还不止这些，玛里逊，认真想想，这种洋娃娃如此有气质，梳妆打扮又这么得体，长得如此漂亮，还弹得一手好钢琴，她也不会像个冰球队的女孩满屋子的蹦，我认为西欧太缺少这种味道的女人了。"
"你对女人过于挑剔了，康威。"

康威已经习惯这种指责。其实他素来和异性交往不多，在印度的山中避暑区不多的几次假期，他爱挑剔善挖苦的名声就很响了，其实他和一些女人之间确曾有过一些美好的交往，而且，只要他乐意，她们中的任何一位都愿意嫁给他，但他却没有。他甚至在一家早报登了个征婚启事，但姑娘不希望在北京生活，而他也不希望到对方那里去，相互都迁就了一阵，最终都表明不能离开自己居住的地方。即便他与女人打交道很有一套，那也是一种尝试，时断时续，毫无结局，由此可见，他对女人可不是真的那样挑剔。

他呵呵笑道："我20岁，你24岁，至于她的岁数么，呵呵。"

稍顷，玛里逊突然问道："那你说，张先生有多少岁了？"

"怎么说都可以，"康威调侃道，"在49岁到149岁之间吧。"

这些猜测让这些初来者更加迷惑，他们的好奇心与疑问往往得不到满足和合理的解释，这给张先生一直想说明白的那些事情更增添了神秘感。

很多事情实际并不是秘密。比如康威很感兴趣的山谷的风俗习惯，所见所闻整理出来都可能成为值得探讨的学术论文。他如同一个对任何现实都爱探个究竟的学生，非常关注山谷的行政管理结构，就所看到的而言，他们实施的实际是一种颇具弹性的独裁统治——由喇嘛寺以极其仁慈的方式执行的近乎应付的管理，这显然是逐步建立起来的一种制度，当然是经过制度建设取得的成果，每次下山去这片富饶美丽的谷地都验证了这个现实。使康威不解的是，法律和秩序是如何得到实施的？此地显然没有士兵和警察，但是绝对有原则和规矩是针对那些不法之徒的。张先生说此地极少有犯罪行为，一方面是因为只有不可饶恕的行为才能称为犯罪，另一方面是因为每个人的合理欲望都可以得到满足，而最厉害的惩罚是，喇嘛寺中任何人都有权将有罪之人驱逐出山谷，当然，这种惩罚只有情非得已才会来临。关键原因还是因为蓝月亮山谷的首领们不断在给人们示范高雅的举止和得体的行为原则，使他们知道何者可为，何者不可为，否则在山谷中就会没有尊严和地位。

"就像你们英国人所做的教化一样。"张先生说，"但和你们的公立学校不敢苟同。像我们这里的山民，他们会觉得某些事情非做不可，否则就是对陌生人的不敬和怠慢，他们甚至会热情地相互嫉妒，相比之下，你们的英国校长们所提倡的战争演习在他们眼里是很野蛮的行为，是一种迎合了本能的浅显的毫无责任心的刺激。"

康威问有没有因女人而发生过决斗之类的事情。

"很少了，占有别人爱慕的女人在这里是一种不轨行为。"

"假若人的占有欲非常强烈，道德就得靠边站了吧！"

"哦，亲爱的先生，其中一个男人会主动退出，谦让也是一种美德，当然了，这得得到那位女子的认可。康威，看来你认为这不可思议，但是互相让一让，大家都懂得礼让，这样，事情就会更平和一些发展。"

而在整个参观过程中，康威也确实很欣慰地领略了此地的美德：友爱互助和知足常乐。他明白，这并非是那些行政手段和政治策略所能够换取的理想的社会制度，他发自内心地赞赏这种社会环境，但是张先生却说："哦，这道理很简单，防患于未然嘛。"

"你们有没有诸如选举之类的民主行为？"

"这倒没有，如果确定了是与非并拿出来公布，老百姓就会给吓坏的。"

康威笑得很微妙，他认为这是一种奇怪但值得同情的现象。而卜琳可萝小姐开始絮叨学习藏文给她带来的愉快，玛里逊则又展开另一轮的牢骚和烦闷，巴那德自始至终都体现了一种看来应该说是难得的冷静，

东巴教的圣地白水台。东巴教教主阿明什罗曾在此修行传教，他从西藏学经归来，途经白水台，被美景吸引，便住了下来。从此，东巴教迅速发展。每年二月初八，人们都要到白水台朝圣，杀鸡烹肉祭献教主，四周的树干上涂满鸡血，以表敬意。

消失的地平线

消失的地平线

消失的地平线

大萧条时期的苦难生活。这些人曾经有个充满希望的20年代，但在一夜之间，他们丧失了全部财富。被像本书主人公之一的巴那德这样的金融诈骗犯推进了艰难时世。当时的各国之间弥漫着相同的内心恐惧：贫穷和死亡，以及活下去的恐惧。它造成人的精神低沉，不能作出建设性的努力。这一切使整个西方文明呈现出垂死的状态。希尔顿不能忍受西方人内心普遍存在着的求死愿望。当时所有的时事新闻强化了他那知识分子式的忧虑：世界上发生了萧条和失业；小规模战争不断在发生着；难民无家可归，许多国家处于破产的边缘。希尔顿渴望有香格里拉这样的圣地来逃避这一切。

无论这种冷静是否是故意表演出来的。

玛里逊道："说实话，这家伙如此得志我会更恼火，我知道他嘴头厉害，但是他无休止的诙谐幽默已经让我产生反感了，假如我们不去防范，就会让他诱惑进去。"

康威偶尔也会怀疑这个美国人的冷静，他说："他把一切安排得这么周到，难道我们不应该为之庆幸吗？"

"在我看来，这家伙太古怪了，康威，你到底摸到了多少情况，你知道他是怎样一个人吗？"

"我不比你更了解他，只知道他来自波斯，可能做过石油勘探工作，他以同样的手段来处理其他的事情，乘飞机撤离前，我曾经努力劝说他和我同行，但是直到听我说到美国护照可当不了防弹衣，他才答应同行。"

"哦，他的护照，你见过吗？"

"或许见过，记不起来了。有什么发现吗？"

玛里逊笑道："或许你感觉我管得太宽了，但是有什么办法，如果这是个秘密，两个月的时间足够去了解它了，我认为，从这件事情来看，完全是一种意外，我没和其他人讲过，我甚至觉得你都不应该知道，但是既然已经谈到了这个话题，或许我该多嘴了。"

"的确如此，不过，我确实搞不懂你的意思，你的意思是……"

"事情是这样的，巴那德向来都是使用假护照的，他实际上不是巴那德。"

康威很关心地皱起眉头，他不讨厌巴那德，是因为此人总会带给他丰富的联想，但他从来没有想过他应该是谁，或者他根本就不是谁。他说："在你看来，他到底是谁？"

"他叫查尔摩斯·布来亨特。"

"哦，有这样的事情？你是如何得知的？"

"他今早掉了一个小夹子，张先生捡到，他认为是我的，就给了我，我忍不住打开来看，里面夹着许多剪报，我一翻，这些东西都撒了出来，我得承认，不管怎么说这些东西算

这件玉雕艺术品，工艺精湛，是藏传佛教艺术风格和内地美学趣味相互影响的产物，极富中国特色。

不得隐私，也不应该是隐私，我看了这些剪报。但是就此看出了问题，那上面都是布来亨特的报道和关于他的逮捕令，还有一张刊登了照片的剪报，除了胡子之外，完全像那个巴那德。"

"你和巴那德谈过这事吗？"

"没有，我什么都没说，只把掉的东西还给了他。"

"这么说你的依据仅仅是一张报纸上登出的照片罢了？"

"确实是这样。"

"我认为不能就这样去判断一个人的罪行，虽然你或许是对的，但是我也没否认他不是布来亨特，如果真是这样，就能说明他何以在此地如此地知足了，再找不到比这里更好的躲藏之处了。"

玛里逊似乎显得有点失望,在他看来应该是如此重大的发现,却没料到会得到这么不经意的对待,他问:"那么,你认为这事该怎么办才好?"

康威沉默半响:"我也没办法,也许不必采取任何行动,即便行动又如何呢?"

"假如此人果然是布来亨特,那就太离奇了。"

"哦,玛里逊,就算此人是个暴君,他也不能把我们怎么了,无论他是个大圣人,还是个流氓,只要我们身在此地,我们必须团结一致,我认为我们还是不要露出任何迹象,根本没用的,如果是在巴司库,我只要发现他可疑,就会立即寻找德里当局处理此事,这是我的工作之一,但是眼下这种状况,我没必要去负任何责任。"

"你不认为就这么置之不理,不是太草率了吗?"

"这我管不了,只有这样做才最现实。"

"看来,你的意思是让我别去想我发现的事实?"

"或许你办不到,不过,我们应该达成一致,别去管他,管他是巴那德、布来亨特,还是其他什么人,我们要尽可能脱离、回避困境。"

"你的意思是,别再去管他了?"

"呵呵,我的意思有点不一样,我认为可以把逮捕他的功劳奉送给其他的人,想想,你和某人很和睦地交往了几个月,接着却送给他一副手铐,这显然有些不近情理。"

"我不这样认为,这家伙说来说去就是个强盗,强盗,他强行剥夺了许多人的财产。"

康威表示无奈地耸耸肩,他倒欣赏玛里逊这种善恶分明的行为,公立学校或许宣扬了一种相当伪善的道德,但是起码很明确,假如有人触犯法律,每个人都有起诉他的义务,这一点一直是一个人不应该触犯的法

东巴教玉雕神像战神佐休尤麻。整体写意,自然浑朴,谐趣而又庄严,显示了东巴艺术的神韵。

消失的地平线

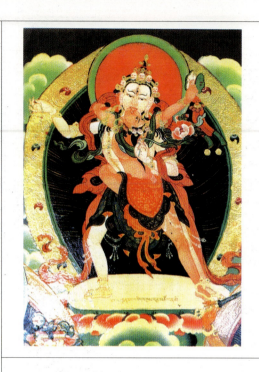

性和生育是任何宗教都不能避开的生命问题。藏传佛教的美术作品中有很多都与性有关。这幅画绘的是多闻天王拥抱吉祥天女。吉祥天女又称吉祥天母，有一百多个名称，每个名称都有特殊的图像。传说她是婆罗门教的女神，后来成为多闻天王的妃子。像这幅作品似的美术，民间俗称"欢喜佛"。在香格里拉地区，类似的美术品也很多。唐卡所表现的内容包罗万象，但欢喜佛是常见的主题。

律。布来亨特显然触犯了法律，但是康威看来并不关心这一案件，他的印象里这种行为是各种犯罪行为中最不可恕的那种，根据他掌握的情况，纽约的大经营集团，布来亨特集团的破产使之造成了上亿美元的损失，这种经济崩溃的局面在当今世界太正常了。可以说布来亨特一向游逛在华尔街，结果却遭到了通缉。

最后康威说："就这样，假如你愿意听我奉劝就别再提此事了，这不是为他考虑，而是为我们大家考虑，你得注意一点，不过，你也应该准备好接受另一点，或许他根本就不是那小子。"

但他的确是布来亨特，那天晚饭后真相就大白了。当时张先生已经离席，卜琳可萝小姐呢，去攻读她的藏语了，只有3个异乡的流浪汉淹没在咖啡的苦味和雪茄烟的烟幕中。晚餐频频被尴尬的沉默所打破，那个汉人照样周到体贴，和气得让人却之不恭，但是现在他不在此地，让人尴尬的沉默又出现了，巴那德突然失去了感染气氛的诙谐话和玩笑话，而康威也明白要使玛里逊装做什么事情也没发生一样来看待那个美国人也太勉强了，巴那德看来已经了解到了事态的发展。

忽然这美国人把雪茄往地上一扔叫道："我感觉你们已经识破我的身份了。"

玛里逊脸色一变，当即局促起来，康威依旧平和地回答道："当然了，我和玛里逊都知道你是谁。"

"是我自己太疏忽了，他妈的，把剪报随处乱丢。"

"谁都有疏忽的时候。"

"看来，情况不对，你们竟然对此无动于衷！"又沉默片刻，卜琳可萝小姐操着尖利的腔调嚷道："哦，是的，我早就知道你是谁了，巴那德先生，我早说过，你在隐瞒身份到处旅行。"几个同伴都吃惊地望着她，她则继续说道，"还记得吗？康威说过，大家可以把姓名写到信里，但是你说那没关系，当时我马上判断出，你不可能真叫巴那德。"

这个犯人强笑着点上一支雪茄道："小姐，你除了表现得如同一个出色的侦探，还为我现

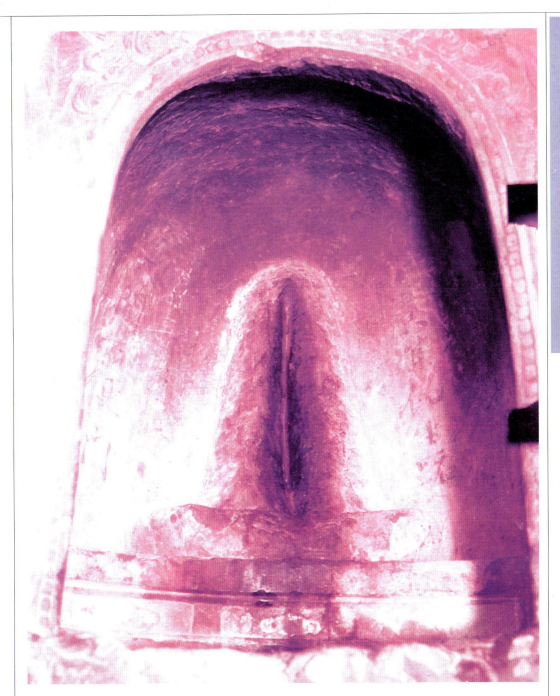

云南石宝山供奉着女性生殖崇拜的阿盎白（女阴）。传说不会生育的妇女将酥油涂抹在此雕像上，心诚则灵，它是石宝山石窟中最受膜拜的神像。

消失的地平线

在的身份找到了一个合理的、很委婉的说法,我的确在隐瞒身份旅行,你说对了,说得很对,而你们两位先生,你们已经知道我是谁了,应该说,这并非是件遗憾的事情,假如你们还没有发现什么迹象,我倒还可以想想办法,但是看看我们目前共同的,看来是不可改变的境遇,我再吹嘘就不太像话了。你们都对我如此友好,因此我不会连累你们的,很显然,接下来我们得同舟共济,无论事情是慢慢变好,还是变得更糟,我们非得相互协助,否则很难找到出路,关于接下来会有什么事情来临,只能顺其自然了。"

玛尼堆是由石头堆砌而成的祭坛。"玛尼"指"六字真言"。信徒们从这里过,都要口念真言,给它增加一块石头,围绕它转几圈。因为它是神圣、力量、功德、佛法的象征。

康威认为他说得很有道理,他非常关注地望着巴那德,这或许太不正常了,这种欣赏和真诚与这种身份和环境不太符合,还不荒唐吗?这位浓眉大眼、又胖又诙谐的家伙,像个慈祥的父亲一样的人,竟然是个超级诈骗犯!他的外表根本不像,他显然受过高等教育,应该把他和一个让人尊敬的大学预科学校的校长联系起来,他那舒展而愉快的神情中隐约可以让人感觉到最近引起的一些烦躁和不安,可这并不是说,他的愉快活泼都是虚伪的外表现象,实际上,这家伙看来是个表里如一的人,从本质上来说,他似乎是引路的灯,但是却从事着鲨鱼的职业。

康威说:"很好,我认为这样是最合适的。"

巴那德几乎笑出声来,似乎此刻才发掘出了潜藏的诙谐:"上帝,真是件离奇的事情。"他伸开四肢,一屁股陷回椅子,"我是说,事情的经过真他妈见鬼,从欧洲,到土耳其和波斯,最终到达那个小得不能再小的镇子,警察一路紧追,我差点儿在维也纳给捉住,实际上这非常刺激,让人千里追踪,的确非常紧张,到达巴司库我以为可以好好歇一歇了,或许暴乱倒会给我带来安全!"

康威微笑道:"确实如此,假如没有子弹的话。"

"你说得很对,眼看不用到处逃窜了,子弹又跟在你的脑袋后面,说实话,真是让人为难,假如留在巴司库,免不了让枪给崩了,但是假如跟随你们英国政府派遣的飞机撤离,可能就会有手铐等着我了,怎么选择我都不愿意啊!"

"你的为难样子我还记得。"

巴那德哈哈大笑道:"的确如此,你看得很准确,你已经猜出当我们出乎意料地被飞机带到此地时我实际没有那么多的担忧,这对我来说,实际是个天大的机密,不过这样也很好,我已经很知足了,没有什么可抱怨的,的确,我可不是个牢骚鬼。"

康威非常坦诚地笑道:"你的确很高明,但是我觉得你还是做得有些过分,我们是因为你太心满意足了,才开始对你产生怀疑的。"

"对,我是很满意,一切适应后,此地确实很令人满意,起初

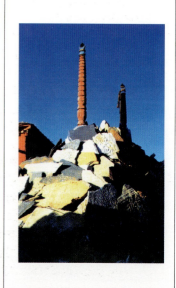

我还感觉有点冷,但是万事也不能求全责备吧,假如说要换个环境的话,此地实在是个清修的好去处。但凡秋天我都会去棕榈滩休息一阵,可他们不能让你满意,那种休养场所总是闹哄哄的,但是此地,我认为正是医生建议我来的地方,我认为我在过一种很高雅的生活,在享受,我的饮食已经改变了,并且无法看录像,也没有经纪人来干扰我。"

"我能保证他有一大堆麻烦事要找到你解决。"

"是的,的确有一堆乱麻需要理一理,我太清楚了。"

他说得这样轻松,康威禁不住道:"我不太懂得那些高额融资之类的事情。"

目前,世俗的香格里拉已被确定在迪庆。当地的自然景物都和希尔顿笔下的世界相仿,人类终于找到了香格里拉。

这个美国人毫不隐瞒地回答说:"那全是些空话。"

"我也这么认为。"

"是这么回事情,康威,比如说一个从事了多年本职工作的伐木工,有许多其他的伐木工也在从事同样的职业,但是市场突变,情势对他很不利,除了强打精神寻找机会,别无他法,但是机会没那么容易就会来的,但是等他已经因此丧失了1000万美元后他却在一张报纸上读到了世界末日来临的消息,那么我来问你,这种状况下市场还有转机吗?他的确因此吃惊不少,但是他仍然无法脱离困境,直到警察来了还在那里等待?可惜我没有这么坐而待毙。"

"你自己是否觉得这全是运气太坏的缘故?"

"可我的确得到了很多的钱财。"

"你竟然侵占他人财产。"玛里逊非常严肃地插话道。

"你说得很对,但怎么会这样呢?因为他们都想不问缘由地发财,但又没有能耐自己去获得。"

"我不这样认为,我想是他们太信任你了,他们不觉得自己的钱财已经受到威胁。"

"威胁?当然了,哪个地方都会有危险的,那些认为不会有任何危险的人,都是些在台风中梦想让一大群人在一把伞下躲避的笨蛋。"

康威宽慰他说:"我们可都不觉得你对付得了台风。"

"可以说我连假装对付它的样子都不能摆出来,这好似撤离巴司库以后却出了意外,你毫无办法,那时候我发现你在飞机上倒显得怪冷静的,玛里逊就坐不稳了,你明白这已经是没有任何办法的事情了,就好像我的企业破产时我感受到的那样。"

"胡说八道!"玛里逊开始叫嚷,"每个人都可以做到不去诈骗,这完全是遵从游戏规则的问题。"

"但是当游戏陷入混乱时,就很难做到了,另外,到底什么是规则?这世间怕是无人有个一定的原则和准绳了,即便是哈佛和耶鲁的教授也不能回答你这个问题。"

玛里逊傲慢地反驳说:"我是说最平常的,那些一般的规律。"

消失的地平线

消失的地平线

香格里拉地区的喇嘛庙供奉着大量的密宗泥塑神像。这些佛像和内地的佛像在风格上大相径庭，但与藏传佛教艺术一脉相承。给人威严、神圣、神秘之感。

"哦，我认为你所说的最平常的、一般的，其中没有经营信托公司这类事情吧。"

康威马上插嘴道："我看别吵了，我不是说你不该将我和你的事情相提并论，的确，我们被迫乘飞机到达此地，确实出乎意料，问题是我们几个人现在都在此地，这很重要，我认为你说得对，发牢骚的确不是件很复杂的事情。这事情来得太突然了，4个人只是按正常的生活去坐飞机，却遭到绑架给带到这偏僻的地方，其中的3位倒能做到自我宽慰，比如你正好需要一个休养和躲避的好地方，而卜琳可萝小姐在主的旨意下要给这些没有经过我主教化的藏族人布道。"

玛里逊插话道："你们数落的第三个人到底是谁？不是指我吧。"

康威回答说："我是说包括我自己在内，其实原因很简单，我就喜欢这里。"

随后康威像往常一样去那片阔地和荷花池边散步，他已经养成了习惯，每天晚上在这里独自漫步都有一种奇袭而来的舒适与安逸，他确实太喜欢香格里拉了。周围的环境越安静，那份神秘感给人的冲击力就越强，总有一种闲适而欣慰的快感。他渐渐对喇嘛寺和这里居住的人们有了一种奇妙清晰的认识，他一直在思考，但是看来却非常平静，如同一个数学家面对一道难解的题，他实际很着急，但是表面上非常正常，同时，情感也不能给他造成什么影响。 关于布来亨特，康威还是觉得应该把他当作巴那德更合适些，而他的来历以及品德问题都已经和整个事件逐渐无关起来，只有他所说的那句独特的比喻"当游戏陷入混乱时，就很难做到了"仍然令康威回味，其中的内涵可能比这个美国人本来的意思要丰富得多，他认为这句话不仅仅道出了美国金融和信托公司的真实状况，也道出了巴司库、德里以及伦敦的实情，当然，也包括什么战事部署部门、帝国事务中心、领事馆、贸易租界、政府部门的宴会等等场面。这个正在重新建立起来的世界已经被死亡和毁灭的氛围给包围了，巴那德的糟糕结局或许只是比康威自己的倒霉故事更富传奇，无论如何，这场游戏显然已经糟糕得无法收拾了，所幸游戏中的人们并非如游戏本身一样毫无生气地瘫痪在不可挽救的残垣断壁上，因此，就这一点而言，金融界实在是非常不幸了。但是在香格里拉，整个格局都被奇异的平静所垄断，无月的夜空也是星光灿烂，那卡拉卡尔山的雪顶永远被淡淡的蓝色气息所弥漫。

最终康威得到的结论是，假如有什么变故，那些脚夫会尽快赶来。他并没有因为突然出现的等待时间而过于兴奋，巴那德也如此。他很坦诚地微笑，这确实不同寻常，他已经发现自己依旧很喜欢巴那德，也许他并没有从中发觉更有趣的感受，可以说，为了1亿美元的损失使一个人坐牢这算不了什么，假如他所偷的仅仅是块表，那一切都好解决得多了，但是回头想一想，一个人是如何损失1亿美元的呢？也许某个内阁大臣本该不经过考虑就脱口说他已经把资产捐给了印度，这个道理还说得通。但是康威现在关心的是何时才能等到送货的脚夫并共同离开香格里拉。他设想那样艰辛而漫长的跋涉，以及突然出现在锡金或者巴基斯坦某个庄园主的走廊里那一瞬间的景象，他一定会高兴死的，但是，或许会感觉些微的失落，接下来，可能就是首次见面的礼貌的握手和相互通报姓名，首先摆在客厅廊台上的肯定是饮料和佳酿，接着，会有被太阳晒成古铜色的脸非常直率地、充满疑虑地凝视他。肯定要在德里和总督或司令见面，并接受那些仆人们碰额头的礼节，以及没有尽头的报告单的草拟和呈递。可能要回到英国一次，去白厅，或者玩几把牌，你会和政府官员软软的手掌相握，并回答记者采访，那些女人们生硬而故意表现出的性饥渴似的叫嚷也会震破耳膜，她们会问："真有这种事情吗？康威先生当时是在西藏……"可以肯定，他完全可以仅仅靠自己的那些奇闻逸事就在四处骗到吃喝，最起码这样能混大概1季度的日子。但是他真会如此做吗？他还记得戈登在喀土穆的临终遗言："我宁可过一个苦行僧的生活，与主同在，也不愿意在伦敦到处混饭吃。"康威并不是完全反对如此，他只是在设想，总是谈论他的过去实在需要有太多的耐心和容忍，说不定他会因此而被淡淡的伤感包围。

　　他正在思索的时候，张先生突然出现了，他的声音柔和，节奏逐渐加快："先生，我很荣幸能给您带来您盼望的消息。"正如他们盼望的，那些送货的人提前来了。康威马上就猜准了，这也难怪，他近日里脑子里装的都是这件事情。

　　但是一种过分的伤感还是袭上心头，尽管他早就设想过这个消息的来临，他应道："是吗？"

　　张先生显得很兴奋，他说："真为你高兴，亲爱的先生，我很荣幸能为你做点事情，经过我的力荐，大师马上要接见你。"

　　康威非常吃惊地瞪大眼睛问："你不像平时那样很清楚地在和我谈话，张先生，可否说清楚些？"

　　"大师要召见你。"

　　"我也希望这样，但没必要这么兴奋吧？"

　　"这可是从来没有过的事情，我一直在寻找这个机会，却一直不敢去设想，你到达此地才两周就能被召见，这样的事情还没发生过！"

消失的地平线

"我还是搞不懂,见大师,那当然没问题,但是,没有其他的事情了吗?"

"难道这还不值得庆贺吗?"

康威笑道,"完全值得庆贺,你不用担心,我懂得礼节,实际上,我一直有些非同寻常的念头,但是,现在不用考虑那么多,我很高兴见到这位高人,我很荣幸,什么时候能见到他?"

"马上就可以见到,我是专门来通知你的。"

"夜这么深了!"

"这没什么,先生,你会马上消除很多的疑惑的,我现在是否可以表达一下我的轻松感了?这些日子总有让人难堪的场面出现,但是问题是马上,一切都会明白了,我想你能理解我,我也是情非得已才刻意对你们隐瞒了一些事情,我也很讨厌这样,不过现在的确让人愉快,再没必要这么遮遮掩掩了。"

"你实在让人捉摸不透,张先生。"康威说,"但是,还是跟你去,不用解释太多,我早就做好了各种准备,您想得非常周到,请您带我去见大师吧。"

大型庆典活动中的羌姆舞者。

香格里拉地区的达摩祖师洞,是维西的观光景点。洞内有达摩祖师的石刻雕像。

第七章
超越生命极限

当康威随同张先生穿过空廊的院落时，本来是异常平静的，但却按捺不住一种越来越强烈的渴望，假如说这个汉人的话有什么意义，那么他正在从谜团中走出，马上他就会了解自己所假设的那些结果和原因是否成立。不管怎么说，这次会见非常重要，他曾经与各种各样的酋长和头领打过交道，一向对他们存有浓厚的兴趣，并且能够很敏锐地判断他们，此外他还能够非常机智地发挥自己对各种语言都略知一二的特长与那些首领们相互客套几句，但是目前的情形下，他可能仅仅是一位听众的角色了。

张先生此次带领他们穿过一些从未到过的院落和厅堂，这些屋宇在灯光下都非常迷人，走了不久他们就顺一把梯子爬上去，在一扇门前停下，张先生敲敲门，一个藏族仆人把门哗啦一下打开来，动作之迅速自然，使康威感觉他一直在门后候着。此地是喇嘛寺的最高建筑，和别的屋舍一样装饰高雅，不过此地相比之下相当干燥闷热，好像没有一扇打开通风的窗户，同时还有暖气一类的东西在烘烤，越往里走，空气越闷热，直到到达另一屋宇的门前张先生才止步，假如说身体的感觉可信的话，康威怀疑是到了一间土耳其蒸气浴室。

张先生凑到康威耳边悄悄说："大师想单独召见你。"接着打开门把他放进去，门随之关上，他自己则悄然而退。

康威犹豫地站在那里，在闷热而昏黄的空气里犹疑了几秒钟，眼睛才适应了幽暗的空间，这才感觉自己正在一间门窗四闭，窗帘低垂的低矮屋子里，屋内陈设简单，只有一张桌子，几把椅子。一个身材低矮，脸色白嫩，满脸皱纹的人坐在一把椅子上，幽暗和宁静的氛围把他沉默的身影烘托得如同一幅陈旧的、讲究光线色彩的古典素描，如果世间确有一幅来源于现实的如此风格的古画，那么非这个场景莫属，充满了古典的素雅和庄重气息。

康威被这种氛围感染，有一种奇异的强烈冲击力使他不敢相信此情此景真实存在，或许是这种朦胧幽暗而闷热的气息带来的一种幻景，他被那双质朴、神秘、古雅的眼睛看得手足无措，不由上前几步，逐渐看清楚了椅中人，却仍然感觉得到他身上那种不食人间烟火的气息，这是个矮老头子，穿着汉人的衣服，衣服上的绣边和褶子宽松得使他瘦小的身子格外显眼。

他用纯粹的英语低语道："你便是康威先生？"他的声音温润平和，略带忧愁，好像来自仙界，但是他心底的那点疑虑却使他认为一定是空气太闷热了才有这种感受。

他说："我是。"

消失的地平线

香格里拉地区藏族服饰。男女服饰都以袍式为主，常用红黄蓝白黑五大纯色，对比强烈，各种金银珠宝制作的精美饰物挂在身上，男人还用貂皮、豹皮等裹腰。

那个声音又道："康威先生，见到你很荣幸，我叫你来是因为觉得有必要和你谈谈，请坐过来，到我身边来，我只是个老头子，不会伤害任何人的。"

康威说："见到您也是我的荣幸，我的确非常高兴得此殊荣。"

"亲爱的康威先生，谢谢你，我用你们英国人的礼仪称呼你。我也为此感到愉快，我的视力不够好，但是请确信我的心，我在用心看你，我认为你自从来到香格里拉一定过得很愉快、满意。"

"确实很愉快。"

"这我就放心了，张先生在尽力招待你们，他很乐意为你们效劳，他对我说，你一直想了解我们这个地区的一些生活状况和制度。"

"我希望了解此地。"

"那好，如果你有时间的话，我很愿意和你谈谈我们这里的社会制度和结构等等。"

"非常感谢。"

"我曾经有过一个愿望，不过，在谈论这些话题之前……"他轻轻一个手势，康威甚至都没发觉他如何招呼，就有一个仆人端来一些精致的茶具，蛋壳一样大小的茶盅里盛着几乎透明的液体放在漆画的托盘上，康威懂得这种礼节，但是没有表现出一点点的不屑。

那个声音又道："看来你很了解我们的习俗！"

康威不由自主地应道："是的，我在中国度过很多年的时光。"

"你没和张先生谈过这些？"

"没有。"

"哦，为何我会得此殊荣？"康威一般都会抓住机会表达自己的愿望，但是此刻他不知道如何回答。最终，他说："直说吧，没有理由，只是觉得应该告诉你。"

"这个理由是最充足的了，再说，我们即将成为朋友。那么，接下来能否和我谈谈这香茶？中国有许多种茶，香味也是各异，这种茶是我们山谷特有的品种，我认为比其他品种有过之而无不及。"

康威端碗品茶，的确有一种独特得难以形容的味道，有一种飘然的奇香渗入舌尖，他说："味道很好，很独特。"

"是的，这种茶和山谷里那些药草一样非常珍贵难得，你该好好品一品，慢慢喝，这并非一种礼节和表演，同时也是最能够感受到饮茶乐趣的一种方式。这是1500年前一位

六道轮回图。壁画。轮回，即转生的理论，从出现之时起就是佛教的重要思想。轮回是一个生物状态变化的无穷系列，每个状态都有特定环境，是该生物只能经历一次的生命周期。人陷入一次又一次投胎转生的循环，而这循环犹如一条无穷无尽的铁链。只有佛陀才能扬弃宇宙灵魂和个人灵魂，不受轮回之苦。

消失的地平线

古人留下的传统，他在吃甘蔗的时候，从来不会急于咀嚼多汁的部分，他说得逐渐地进入最理想的状态，你是否欣赏过中国那些了不起的古典名著？"

康威说只看过不多的几本，他明白这种含蓄的交谈一般都会持续到饮完茶为止，但是看来不会那么简单就品完茶的，何况他非常想知道香格里拉的来历，大师也是一副不缓不急的样子。最终，又一个微妙的手势将那个仆人招来，又款款退去，此刻大师才言归正传：

"亲爱的康威先生，或许你比较熟悉藏族的历史，张先生告诉我，这段时间你们都泡在图书馆里，应该对和这个地区相关的大概历史记录和逸闻做过一翻探索了，我想，这一点你是清楚的，中世纪时期聂斯托里派基督教风靡整个亚洲地区，即便在它衰落后很长时间气数依旧未尽，后来罗马掀起了基督教复兴运动，勇敢的传教士们推波助澜，四处游学，他们的经历比历史记载得更丰富有趣。教会逐渐波及到许多地区，这实在是非常伟大的成就，但是，至今那些欧洲人却并不知道在拉萨，基督教已经有380年的历史了。1719年，基督教从北京传到西藏，那是一次四位天主教方济各会的云游神职人员组织的在最偏僻艰苦的地区寻找依然可能存在的聂斯

虎跳峡。这是香格里拉地区的又一处边界。洛克写道:"在这里,金沙江穿行于峡谷中,顺流而下,成为横穿中国并养育下游千千万万人的母亲河。"他曾试图让一位美国飞行员驾机在峡谷里穿行,未能实现这个愿望。洛克一直对虎跳峡着迷。

托里派基督徒的活动。他们向西南方向跋涉了几个月,在兰州和青海地区就遭遇了不幸,你能够想象得出,有3个人在路上遇难,第四个也几乎就被死神带走了,但是他不小心摔倒,跌入那条到现在为止再找不到第二条的进入蓝月亮山谷的岩石通道中,他在那里意外地发现了一伙和善富足的人群,他们纷纷以山谷最原始的礼仪来接待他们,那就是对陌生人的诚恳和热情。不久他就康复了,并留在此地布道,虽然当地人都信佛教,但是很乐意听他布道,他就这样有了丰硕的成果。当时在那座山上有一座古老的喇嘛寺,无论是生活状况还是宗教传播都处于衰落过程中,这位方济各修道士在有了更多的成果后,逐渐有了在同一地区修建一座基督教修道院的想法,经过他的努力,旧的建筑物被整修并扩建,他自己则从1734年,即他53岁时开始在这里生活,他叫裴络尔特,出生于卢森堡,献身于亚洲地区的布道事业前在巴黎大学、波伦亚大学和其他一些大学上过学,应该说他算个学者,他以前的生活经历没有太多记录,这不奇怪,他当时是那样的年龄和职业。他对音乐和美术有独特的爱好,语言的感悟力也非常强,在他有了明确的理想前已经历经凡尘的一切喜怒哀乐,因为年轻时候目睹过战争,他对战争的残忍和侵略的罪恶有切身体验。他身体很强壮,

在初到山谷的几年,他和大家一样从事体力劳动,耕田种地,养花种草,和当地居民相互学习。在山谷他还发现了许多金矿,但这对他并非有太多的吸引力,使他着迷的是这里的植物和药材。他是个非常谦虚和蔼的人,一点都不偏执,他坚决主张一夫一妻的生活方式,但却无法去指责此地广为流行的对一种果实的喜爱,这种果实一般都相信是有医疗作用的,但是那么多人喜欢它主要还是因为它那种微弱的麻醉性,其实裴络尔特自己也有点上瘾了,他如此就适应并容纳了当地的一切生活,他感觉这并非有什么害处,相反,很愉快,因此他也将西方的优越传播到了这里,他并非一个很教条的人,世间存在的快乐他都享受得到。他非常有耐心地将他对烹调的研究和针对教义所书写的书籍传播给众人。我希望告诉你的是,这是一个非常诚挚、充实、智慧、朴实、热情、有学养的人,他有修道士的大度,亲手从事泥瓦匠的工作和建筑设计工作,为这些实用的独特建筑提供了实际的建议和帮助。那必然是一项非同寻常的艰难工作,完全是靠他的自信和坚定的信仰克服了重重困难的。他的确自信,从建筑工作一开始他就有了宏伟的设

想，他坚信可以在香格里拉与外界的交接处建造一座寺院，他坚信既然人们能够从释迦牟尼那里得到感应，那么也绝对能从罗马那里得到。但是随着时光逐渐消逝，这些设想很自然被一个更现实的愿望所代替，因为竞争毕竟是属于年轻人的，裴络尔特在寺院工程结束的时候年龄已经非常大了，确切讲，他的一切举动并不是非常有规律的，但是他与伦敦的基督教却远隔千里，这足以使他独享一个传教士的优越，山谷中的居民和僧人们生活得悠闲自在，尊重他、器重他，时间愈久，愈崇拜他。清闲的时候他会想法向北京的教会寄一些报告，但往往得不到回音，可能送信的人被艰辛的路途所征服了，裴络尔特也不希望有人为此去冒险，最终在那个世纪的中叶，他干脆不再和主教联系了，但是可以肯定他原来发出的那些信件一定是寄出去了，并且还因此引起外界对他行为的种种猜测。1769年，一个陌生人给他带来一封12年前写给他的信，信中要求裴络尔特去罗马见主教。如果这个命令没有被耽搁，那么他应该是在79岁多的时候接到，但那时候他已经89岁了，要翻越高山原野已然是难以想象的事情了，他从来没有受过在荒郊野外被风霜和寒冷折磨的罪，因此他回信很委婉地解释了原因，但是那封信到底有没有被重山和路途的艰险所阻隔就很难说了。

"裴络尔特留在了香格里拉，这不是在违背上级的命令，而是根本无法去执行命令，再说，他已至垂暮之年，死神随时都会在他没有规律的生活上画一个句号，那时，他辛苦经营起来的结构就会出现微妙的变化，那是很可悲的事情，但不会有人吃惊，很难有人会想到一个得不到任何援助的孤单者会完全而持久地改变一个时代的风俗和习惯，他构想着未来，在他精力渐逝的时候，有一个西方的同道会全力支持他、协助他。或许在这个已经烙刻了如此之多的古老信仰精神的地方修建这么一个修道院是错误的，但是没有理由去要求一个风烛残年的老人在近90岁的时候去意识自己的错误，这要求未免太过分。但是裴络尔特最终也没有意识到自己的错误，他又老又幸福，即便是那些狂热的信徒们将他的教化逐渐抛之脑后的时候，山谷居民们对他的仰慕和爱戴依然如故，因此他很安然地不再计较他们继续遵循原来那些古老的传统和习惯。而他的思维依然敏捷，才华依旧卓著，他在98岁的时候开始研究那些僧侣们遗留在香格里拉的佛家经典，他决定在自己的余生尽全力去编写一本抨击佛教固守自封追求静止状态的书，他的确将这个工作完成了，我们这里有他所有的手稿，但是他抨击的态度极其平缓，那是因为他的年龄已经够一个世纪的整数了，这种年龄已经没有了那种最尖锐而刻薄的气势。另外，你能够想到，他那些门徒们都一个个仙逝了，继承事业的人数只有少数几个人，老方济各会的信徒们也逐渐在减少，从80

香格里拉地区的各族民居。

消失的地平线

多人到20个人,最终只有12个人时,其中的大多数人也都非常衰老了,而裴络尔特在这个时期的生活已经极其安静了,仅仅是在安静地等待生命的结束。衰老已经使他摆脱了疾病和欲望的困惑,惟有永远地安睡才是他的目标,他已经不再担心这个时刻的到来,山谷的居民们会给他送吃送喝,他会在图书馆里走一走,虽然他老得给人感觉已经摇摇欲坠,但是依然精神百倍地去操心寺院的事务,其余的时间除了读书,就是沉湎于回忆中,或自得其乐。他头脑清晰得令人吃惊,他甚至已经练就了印度的"瑜珈"术。这是一种用独特的呼吸进行训练的方式,对年龄如此之大的一个老人来说,这种运动看来弊大于利,果然在难忘的1789年,山谷里都开始传播裴络尔特即将仙逝的消息。亲爱的康威,他就在这间屋子里躺着,从窗户向外望去,朦胧的白色能够映入他的眼帘,那是卡拉卡尔山的影像占据了他残烛之年的目光,但是在他的内心,这山峦却是如此清晰明朗,在半个世纪之前,那美轮美奂的山峦的姿态第一次跃入他眼帘的时候留在他记忆里的就是这种样子。接着,他所有的人生经历都在眼前一幕幕重现:在沙漠和高原数年的旅行生涯;西方大都市喧闹的人群;以及马尔勃拉夫公爵辉煌的军队和耀眼的武器。他脑海里如一片白雪一样静寂,他已经准备好坦然地离开这个世界,朋友和仆从都来与他告别,接着,按照他的愿望,他开始独处,在寂静中,身体逐渐飘浮,意识也随之飘浮,灵魂似乎就要按照他的愿望远逝了,但是事与愿违,他仅仅是安静地、毫无动静地卧床几周,随之身体开始了康复,这个时候他已经108岁了。"

香 格 里 拉 的 闯 入 者

阿尔斯·卜奈可
1850年闯入香格里拉
他对应的历史事件是
俄国侵占波兰。

一个俄国人
1830年闯入香格里拉
他对应的历史事件是
俄国革命。

一个瑞典人
1830年闯入香格里拉
他对应的历史事件是
全球探险热。

此人是肖邦的学生,他是香格里拉的音乐大师,经常组织沙龙,为香格里拉的业余文娱生活作出了贡献。他教给康威弹奏的几支肖邦失传的乐曲曾令在世的研究肖邦的音乐家震惊不已。

此人来自高纬度国家,能够忍受异常的寒冷。俄国人的冲动性格也有助于打破香格里拉人过于追求静止状态的习惯。

最高喇嘛信奉人种学,他仔细地挑选适合在香格里拉居住的人种,一个从北欧寒冷环境中来的人,当然是他想要的,只是不知道实验的结果如何。

侃侃而谈在大师舒缓的语气中停顿片刻，康威有了些微的感触，他认为大师始终都在讲述一个已经远逝的神秘的梦境，大师随后说："如同其他那些在死亡的边缘等待了许久的人一样，裴络尔特是带着某种神秘的梦幻重回人间的，关于这些梦幻随后会讲到，现在需要说的是他的举动，他的言行非常古怪，他没有歇息修养，你根本想不到，他马上进入了极其严格，甚至是残酷的苦修中，还使用一些麻醉类的药物，用这些东西来调整呼吸系统，这好像把死亡太不放在眼里了，但是事实却是，最后一个老喇嘛在1794年去世的时候，裴络尔特还活着。这对那时候的香格里拉人有非同寻常的意义，这位皱纹密布的老修士似乎与衰老从此绝缘，还有他一直持续的那套神秘仪式，使山谷居民开始对他产生了越来越神秘的感觉，他显得非常像一位深居于巍峨悬

崖下山谷中充满魔力的隐士。另外，他还能使人们对到达香格里拉、进行供奉和做义工来获得荣誉、得到祝福产生强烈的信赖，而他回报给那些朝圣者的是惟一也是统一的祝福，因为这些人看来都是些迷途失群的绵羊。现在那些寺院里依然能够听到'阿弥陀佛'和'嘛呢叭咪哞'的祈祷声。

消失的地平线

以及他们对应的历史动荡

一个意大利人
1830年闯入香格里拉
他对应的历史事件是西方的中国热潮。

此人以探险的名义闯入雪域圣地，受到香格里拉的欢迎。

一人美国人
1911年与香格里拉擦肩而过。他对应的历史事件是美国人的科学探险热。

此人是受雇于美国国家地理学会的探险家，他在昆仑山附近曾受到一个英语极好的人的邀请，邀请去香格里拉，他因为时间匆忙而拒绝了。这是一个寓言，它表明现代人最终将因为忙碌而失去香格里拉。

一个日本人
1912年闯入香格里拉
他对应的历史事件是日本对中国的野心。

正如最高喇嘛所说，此人并不受香格里拉欢迎。当时的日本已开始着手侵略中国的准备，他们派出大批间谍，深入中国内地，收集各种地图和军事资料。日本对中国深怀野心，基于他们对古代历史的判断，那就是北方的几个小民族曾经在中国得手，他们以为日本也可以这样做。

"随着新世纪的降临,这个传说逐渐演变成一个离奇的民间故事,一个关于裴络尔特成为创始神的故事,他会在一些具有意义的夜晚飞到卡拉卡尔山顶将一支燃烧的蜡烛举向天空;在晴朗的月圆之夜,这座山上总是呈现出一片白色的光圈。我认为不必向你去证实不管是裴络尔特还是其他人都没人能够登上过那座山峰,但是许多没有根据的理由都在证实裴络尔特曾经做出过许多非常人所能做出的事情,你能够想象到,诸如'轻功'、以及驾云而行的本领,这些传说在那些佛教的所有故事和学说中都谈到过,但是现实是他的确针对这些事情做过许多试验,却都失败了。但是他确实发现可以通过灌注其他的观念来摧毁固有的念头,他掌握了心灵感应术,这或许非常出色了,但是他没有刻意去寻找一种方法来用之于身体的治疗和复原,但是他自己的事例已经为四周人们的那些疑难病症带来了期望。或许你会想象这些多余出来的生命他是如何度过的,应该说,因为他没有在正常的年龄中死去,这些多余出来的时间使他不知道如何安排,最终明白自己是个与众不同的人,而这种与众不同或许会一直这样下去,这样子也不能排斥随时都会灭亡的结局。这使他从此不再有任何顾虑,他曾经努力追求,并且已经绝望了的生活刚刚来临,在一个世纪的沧桑和经验后,他的心境进入了学者的那种宁静平和状态,他的记忆力使人吃惊,生理似乎对他没有任何影响了,他已经进入了超凡脱俗的状态,他看来更容易掌握好任何他需要学习的东西,较之学生时期那种学习效率更高了。随之他除了几本常用的工具书其他的书都不用去翻阅了,这些工具书或许你一定很感兴趣,一本是《英语语法词典》,一本是佛罗里欧翻译的《蒙田随笔》。这几本书使他迅速熟悉了英语,我们的图书馆里现在还有他刚开始做语言练习时的手稿,是蒙田一本关于西藏人的书籍,这确实是一本得天独厚的作品。"

康威笑道:"假如可以,我也该看看。"

"很愿意让你看,你明白,这个成就非

同寻常，让人无法想象，而裴络尔特当时也到了常人难以想象的年龄。假如没有这些事情，他会非常孤单的。总之在1803年，也就是我们这个寺院具有历史意义的一年，就在那时，蓝月亮山谷来了第二个欧洲人，是一个年轻的奥地利人，叫恒司祈迓，在意大利服过兵役，参加过抗击拿破仑的战争，他是贵族家庭出身的人，有相当高的文化素养，风度翩翩，但是战争成为他事业的障碍，带着模糊的、想补偿失去的时光的愿望，他从俄国漫游到亚洲，虽然他是如何正好撞入这片高原地带的山谷中的，那是很令人着迷的经历，但是即便是他自己也说不出个所以然来，如同裴络尔特曾经经历的一样，他到山谷中已经奄奄一息了，当香格里拉的曙光再次降临的时候，这位漂泊者很快恢复了神智和体力，但是以往的生活也出现了转折。那时裴络尔特已经开始被当地乡民的传统和习俗同化，恒司祈迓则一心扑在金矿上，他起初是希望自己暴富并及时回到欧洲，但是他不但没能回去，反倒出现了新奇的经历，从此这类奇异的事情便总是出现，因此我们已经认为这是习以为常了。这个山谷中超凡脱俗的宁静、安详、自由开始使他着迷，他因此一再推迟离开这里的时间，直到某一天，在当地传说的牵引下他到达香格里拉来会见裴络尔特。那的确是一次非常有决定性的见面，假如说裴络尔特是有些固执、缺乏平常人的友爱之心的话，他仍然以宽容仁厚的心肠对待，使这年轻人如梦初醒，我不想去说他们之间所形成的那种微妙关系，总之一个非常的景仰，另一个则找到了谈论学识的知音，他们都是如此兴奋，将这视作世间留给他们的惟一希望，也是他们曾经追求过的那些狂热的梦想。"

在他缓口气的间隙，康威平缓地插话道："对不起，我得插句话，我听得有些糊涂。"

他的声音低缓，并充满同情："这我知道，假如一下子就明白那也太不可思议了，我想以后再解释这一点，假如你不反对，我想先说些简单的。我想，你会对这些事情感兴趣，恒司祈迓从此开始收藏中国的艺术品、图书馆的藏书和音乐资料，他经过艰难跋涉到达北京，在1809年的时候将第一批物品带来，之后再没有出过山谷，但他足够聪明睿智，以常人想不到的方式设想出一套复杂的采购物品的机制，这样，喇嘛寺可以及时从外界得到能够想到并需要的东西。"

"我想你们应该是使用黄金来交易的。"

"的确如此，我们很幸运有这种被外界人士视为宝物的金属矿藏。"

"幸运？你们应该感谢能够躲避掉淘金热。"

大师微起一下身子点头表示同意："亲爱的康威先生，这一点一直是恒司祈迓最担心的，他非常谨慎，从来都不让那些运送书籍

消失的地平线

东巴祭祀泥塑，形状奇特，风格迥异，都是人、神、动物的组合造型。

消失的地平线

消失的地平线

消失的地平线

中甸松赞林寺的壁画。描绘的是藏传佛教格鲁派至尊宗喀巴大师。

和艺术品的人离山谷太近,他总是安排他们将货物放在距离山谷一天路程外的地方,再让山谷中的居民们自己去拿。他还安排了岗哨,使进入山谷的入口一直有人把守,但是,他马上又想到一种更安全更彻底更实用的防范手段。"

"哦?"康威语气里带出戒备的味道。

"你也清楚,此地完全没必要担忧军队的侵犯,虽然没那么绝对,但是这种自然环境和这种偏远位置决定了这一切成为可能。仅仅有不多的几个迷路的流浪者光临这里,就算他们带有武器,也已经非常虚弱,不会对我们造成什么威胁。如此,就不用担心有陌生人随时进出这里了,当然,他们除了一些重要的文件外,其他的东西都不应带进来。数年来果然来了些外地人,有汉族的商人在历险中横跨雪原,正好绕过其他可以走的路偏偏走了那条蜿蜒的Z形山道;游牧的藏族人和自己的部落失散,也会像迷路而疲惫的动物一样飘落到此地。他们都受到隆重接待,但是有些人经历了艰险到达山谷却是来送死的,在1815年,即滑铁卢事件那一年,两个英国的传教士辗转到北京,又经过一些高山峡谷来到此地,他们行程顺利得好似专门安排好的一次访问;1820年,一群病入膏肓且饥饿的侍从跟随一个希腊商人摸索到山谷附近最高的山坡上,他们被发现的时候差不多快死掉了;1822年,有3个西班牙人根据一些关于黄金的传闻挖空心思才找到山谷中来,转

消失的地平线

悠了一段时间后也是失望而归；还有，1830年，又来了许多人，这些人中2个德国人，1个俄国人，1个英国人，1个瑞典人，他们是被当时风行的科学探险活动鼓动，经过跋涉翻过天山后继续南行，当他们到达香格里拉时，我们对来客的接待有了点变化，现在，偶然闯入山谷的客人除了受到欢迎，还会在他们到达附近某地时，有人前去接应，这已经成为约定俗成了。至于为什么要如此安排，我们以后再说，但是，重要的一点是这证明喇嘛寺开始有区别地接待来客了，现在此地非常需要新的客人进入，的确，之后几年有许多的探险者很幸运地看到了远方的卡拉卡尔山，这些人中有些是碰巧和带出邀请函的信差遭遇，而这些信函几乎很少被拒绝，喇嘛寺便逐渐有了目前的局势。我得说明的事实是，恒司祈迩是个能干的天才，香格里拉的今日完全是那些开创者的功劳，这些功劳中有他一份，的确，这是他应得的荣誉。此地的每一步，以及各个时期的发展都依仗他全力而热诚的支持，但是他的损失却是无法弥补的，在他事业未尽之时他就仙逝了。"

康威抬头呢喃道："死了！他？"

"对，这是意想不到的事情，他被杀死了。在印第安人暴乱时期，有个汉族画家画了一幅像，为他，你可以看看这幅画，就在这个屋子里。"

千手千眼观音菩萨显身像。旁边几尊像是观音菩萨化身而成的度母。

随着大师一个轻微的手势，马上进来个仆人，在一种如梦的感觉中，康威看见屋子那边的一个小布帘被仆人拉开，并用一盏摇曳着灯光的灯笼照在上面的影像上，老人低语地咕哝着请他近前观赏，令他惊异的是，他感觉自己是很费劲地站起身的。他脚步稍微有点不稳，随后几步就进入了摇晃的光晕中，这是一幅很小的素描画，几乎和袖珍的彩墨画差不多大，但是笔调细腻地绘出了纹理，又丰富地绘出了质感。肖像非常秀美，几乎是个少女的脸型，康威从这种秀美中体味到独特的个性魅力，这种魅力甚至打破了时间、死亡以及技巧的限制。而最令他惊异的是，他在仰慕的宁静气息中深深地呼吸了一口气时，才发现这是张年轻人的脸。

他边往后退边有些不连贯地询问："但是，……如你所说……但是，这是他临死前才画的像啊！"

"的确画得很像。"

"也就是说，你是说这是他死那一年的画像？"

"是的。"

"但是，你说他1803年来到这里时是个青年！"

"是这样。"

好久，康威都没有再言语，最终，他使劲地思考一番才说："你是说，他是被人杀死的？"

"是这样，有个英国人用枪将他打死，那个英国人是探险队伍中的一员，他来香格里拉几周后发生的事情。"

"为了什么事情呢？"

"为了一些脚夫，他们吵了起来，恒司祈迩仅仅和他讲了如何接待来客的制度，这些制度实行起来会带来麻烦。从那以后，不仅仅是我已经老了的缘故，再去执行这些制度，我都感觉别扭。"

大师再一次不语时，他的不语却传播出一些问题的暗示，再一次继续谈话的时候他特意问道："亲爱的康威先生，也许你想知道，关于这个制度！"

康威低声慢语道："我认为我已经猜到了。"

"是吗？你已经猜到了？那你知道我那些传奇的故事之后的事情吗？"

康威想整理一下思绪，但是思绪纷乱，整个屋子都被像旋转的条纹一样的暗影笼罩，把这位慈爱的老人包围在中间，而他始终都在认真地听老人的讲述。或许他尚且无法搞清楚其中所有的暗示，他只是尽量发觉了一个可以表达感受的词语，但同时却也被这种感受的惊异所吞并，他不断在意识中重复否定自己的肯定的意识。

他终于结结巴巴地说："我认为这不可能，但是我却一直要往这方面想……这的确不太寻常……让人，吃惊，没有人能够相信这个事实……我是说，我自己认为它的确……可能是如此。"

"我的孩子，你想说什么？"

康威被一种兴奋和激动膨胀，但不知为什么他并不想去遮掩自己的感受，他说："您就是裴络尔特神甫，您还活着。"

第八章
心灵平静与长寿之道

谈话中断了，大师希望歇口气休息一下，康威认为很正常，这么长的谈话自然是很费神的，他本人也感觉需要休息片刻，而这种谈话中间的停顿在他看来正合谈话的艺术，从其他方面来看也是再好不过了，而这些茶水以及那些惯常的礼仪恰如音乐结束前委婉的延续音一样美妙，这恰恰证明了大师的"心灵感应"术，否则只能用巧合来解释了，他随即开始谈音乐，说很愿意听康威谈起在香格里拉领略到了余兴未尽的音乐，康威很有礼貌地回话，说他惊讶地发现喇嘛寺里竟然收藏了如此齐全的欧洲作曲家的作品。大师正在煮茶，他很感谢康威的赞赏："哦，亲爱的康威先生，令我们荣幸的是我们这里有位天才音乐家，他确凿是肖邦的学生，我们非常高兴参加他组织的沙龙活动，我肯定你见到他不会后悔。"

"我当然乐意，张先生和我谈过，说您最喜欢莫扎特。"

"是的，莫扎特那种淡雅朴实的风格使人迷恋，我们的那位音乐家专门修建了一所不错的房子，装饰布置得非常出色。"

就这样一直谈到撤去茶水为止，而康威此时可以心平气和地说道："现在，我们继续刚才的谈话，你能继续谈谈吗？哦，我记起来了，是那个非常重要而且不会改变的惯例。"

"我的孩子，你猜对了。"

"也就是说，我们必须永远留在这里？"

"我想，用你们英语中精彩的熟语更确切些，是'永在此地'。"

"让我费解的是，世界上有如此之多的人，怎么会选中我们4个人呢？"

又开始重复先前的态度，大师显得更加自豪傲慢，他说："如果你想听，这故事讲来就复杂了，你能理解，我们一直在维持相对稳定的人数，只要方便会不断增加新成员，不要去谈论其他的原因，有一点，我们中的各个年龄层次代表着这个时代的各个时期，这是令人欣慰的，但是从欧洲战争、以及俄国革命之后，几乎再没有来西藏旅行和探险的队伍了，而我们此地的最后一位客人是个日本人，他1912年来到这里，直说吧，不是我们需要的那种人。你清楚，我不是个江湖骗子，

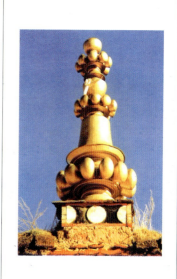

消失的地平线

也非走街串巷的郎中,我们无法去确定,也不能确定计划是否能够如期执行,有些来客来到这里,其实并无好处,而有些仅仅是达到了一般人的寿命,然后死于一些常见病。总之,我们发现藏人很能适应这么高的海拔气候,以及另外一些环境,没有其他人种那样脆弱,他们个个都招人喜欢,因此我们选择接纳了一些这个种族的人,但是我估计不可能有谁能超过100岁,汉人更能适应些,但我们最希望得到的,很明显,是来自欧洲的日耳曼人和拉丁人,也许美国人的适应能力也较强,我觉得我们的好运在于最终还是在你和你的同行者中发现了你们国家的人。当然,你的问题我得回答清楚,就像我一直强调的,我们约20年没有接纳新的人员了,而我们中间的一些人又死去了,这就是起因,几年前,我们中有个人有了一个不同寻常的设想,他是当地人,很年轻,非常令人信任,他也完全支持我们的愿望,如同山谷里的其他人一样,自然条件的限制使他和那些外来人一样失去很多机遇,他建议离开此地,想法到外界去,最终他如愿地以一种非同寻常的方式带回一些人来,这无论如何都是一种具有变革意义的行为,但是慎重考虑之后,我们最终没有反对,你很清楚这一点,即使是在香格里拉,我们也得与时代接上轨。"

"你是说,他是专门派去用飞机运一些人进来的?"

"是的,你看到了,他很聪明,很智慧,值得我们信赖,他自己想到这个计划,我们就支持他的行动,我们了解清楚的事情是他最初的一步中有项计划是在美国的飞行学院接受训练。"

"但是随后的事情他是怎么想到的?一切看来都是巧合,正好那架飞机在巴司库……"

"是的,亲爱的康威先生,巧合很正常,它的确发生了,而塔鲁又正好在找这么一个机会,即使这个机会不到来,一两年内他也会找到别的机会,当然了,或许也不会有任何机会。我承认从岗哨那里得知他已经在那片高地降落的消息时,我的确感到了意外,航空技术提高得这么快,我原来以为能够生产这种跨越高山的普通飞机还得好久好久。"

"那可不是一般的飞机,那是特制的,专门用于高原飞行。"

"这就叫巧合?看来我们这位朋友运气确实很好,可惜我已经无法与他谈论我的感受了,他的死令

裸身罗刹女像。壁画。这是德钦飞来寺左侧壁画"护法金刚图"的局部。飞来寺位于德钦县西北,与梅里雪山遥遥相望。此寺面积不大,壁画却极富艺术价值。据香格里拉的研究者推测,希尔顿笔下的香格里拉中的喇嘛寺庙更应该是飞来寺,蓝月亮山谷更应该在这附近。

我们伤痛，康威，你会很喜欢他的。"

康威轻轻点头，他也认为很可能，沉默片刻，他说："但是这件事情的意义呢？"

"我的孩子，你这么问我让我欣慰得很，在我如此之长的人生历程中，真没有碰到人能够这么平和地和我交谈，每次讲明事情的原委，可以说能碰到任何想象得出的态度，比如愤怒、哀伤、狂躁、疑虑，甚至歇斯底里……但是，除了今天晚上，从没有人是带着兴趣来和我谈论这些。这是我最欢迎的态度，目前你仅仅是觉得有兴趣，随后你会关心这些事情，最终，我希望你能够将这里当作自己的使命。"

"我认为不至于把这里当作使命。"

"你的忧郁也令我欣慰，这是需要扎实的信仰基础的，但是，我们最好不必辩论这一点，你能够感兴趣，已很不错了，我希望你能够做到的是，不要将我和你谈论的这些话题告诉你的其他同伴，暂时不要让他们知道事情的原委。"

康威无语。

"他们最终会有知道的时候，如同你所面临的一样，但是从他们目前的情形来看，还是推迟这个时候的到来更好。我确信你能妥善面对此事，因此我不需要你的许诺，你必定会做得非常令人满意，这点我清楚，我和你都是做事周详的人，现在，我想给你画一副令你满意的速写。你呢，还该归到年轻人的行列，如同俗语所说，你的生活就在眼前。正常的事情是，在至少30年的时间内你会如期逐渐减少和外界的交往，这并不意味着你的前程从此断送，我不想让你有我那样的感受，这仅仅是一段颤栗的、烦躁忧闷之曲。你一生中的前1/4世纪，也

消失的地平线

消失的地平线

就是25岁前，显然是被幼稚的年龄和经历所占据；最后的1/4，也是余生的25年必然是要被衰老而暗淡的死亡之影所笼罩，在这两个阶段间，人生仅仅有那么一缕的阳光照亮你的一生啊。不过，你或许会比预想的要更好运气，在香格里拉，你还没有触及到人生的阳光岁月，这的确存在，此后的几十年中你会感觉不到老于现在，如同恒司祈迺经历过的那样，你或许会青春永驻，年华依旧，不过，你得信任我的话，这的确只是最初的表面现象，等你的岁数和其他那些人一样的时候，即使是逐渐地你也会提高境界。80岁你都能够如年轻人一样去闯峡谷关口，但是当到了这个岁数的两倍时，奇迹确实不会再

观音菩萨、文殊菩萨、普贤菩萨的彩塑金身。像后是壁画"三面十二臂胜乐金刚拥妃图"。

延续了，我们不是在创造奇迹，死亡是我们征服不了的，我们甚至无法解决衰老问题，我们能够做到，并已经做到的是，我们已经在某种程度上延续了生命并推迟了衰老的到来。达到这个目的，在此地很容易，但换个地方就不同了，这一点是无疑的，最终等待我们每个人的还是人生的结局。但是，我所给你描述的是个非常具有诱惑力的未来，在长久的静谧中你将欣赏着落日，而外界的人们此时正听到早晨到来的钟声，并不去关注这些景致，在日复一日的岁月中，你会从情欲的享受中进入简朴并同样令人满足的境界，你不再受肉欲和食欲的禁锢，从而在安静、觉悟、大智慧中得到人生的圆满境界，你的头脑会格外地清醒，在这所有值得珍惜的事物中，最可贵的是你会获得世间最稀有而珍贵的礼物——时间，这是你们西方国家总在追求总在遗失的。你会有更多的时间用来阅读，不会再那么一目十行，就为了节省那几分钟以至失去了研究的机会。你的音乐鉴赏力也很好，而此地提供的乐谱和乐器，可以让你在平静中用无穷无尽的时间去充分享受它带给你的愉悦。另外，我们感觉你的人缘很好，这就不难使你在此地得到睿智而和睦的友情，这种心灵的交融在仁爱中持久存在，以至死神都不会那么急于来召唤你，或许你希望过一种安静而寂寞的生活，那么你就不能不用到我们的亭台楼阁，那里是体味悠然自得、独自冥想的最文雅自由的空间。"

声音又停顿了，康威却不想乘机插话。

"亲爱的康威先生，你没有什么想法吗？很抱歉我如此烦琐的叙述，我不是那种会为自己是否在夸夸其谈或者唠叨而过分计较的年龄和民族，或许你正好想摆脱那个世界的妻子、父母和孩子？或许对自己的未来充满了向往？相信我，虽然这种伤痛是如此地纠缠着你，但是过上10年，连个鬼影都不会再出现在你脑海里了，但是，说心里话，假如我判断准确，你是不会有这种痛苦的。"

康威被他的判断震惊，他说："是的，

消失的地平线

我尚未结婚,也没有多少亲朋好友,对未来的向往也是,没有太高期望。"

"太高期望?可你是怎样做到这么超凡脱俗的?"

康威第一次发现他们进入了切实的交谈,他说:"我一直感觉自己的职业生涯中有太多的机遇错过,虽然这些机遇可能超出我的能力,但确实不能让人满足,我从事领事馆的工作,是很不重要的工作,但是足够我去做了。"

"但你心不在此?"

"别说心了,我连一半的功夫都不愿意费,我生来懒惰。"

大师的皱纹更显著了,好久康威才想到他或许是在笑。

他又开始低语:"懒惰在愚蠢的行为中实际是一种美德,不管怎样,你不容易找到我们对此事的确切概念,张先生和你谈论过我们的中庸态度,有一点就是说我们的行为要适中,像我,有学好10门语言的功夫,但是假如我不限制自己,就会变成20门,而我没有如此行事。别的事情也同理,你将看到我们不会放纵,但也不完全节欲。在我们的年龄到了需要人照顾时,我们也很高兴去享受食欲,而山谷中的女人对于年轻人的欲望,也会很高兴采取中庸之道权衡她们的贞操。事无具细我们都如此态度,你会很快适应我们的生活的,张先生也很达观,因此,这一次和你见面,我认为你带来的是任何来客身上都没有的一种怪异的品格,并非游戏人生,也并非悲观,或许有些微的失望,但是非常明智,我从来没有料想过会在一个比我小一个世纪的年龄的人身上发现这种品质,这种品质,可以用一个词去解释,就是太'冷静'。"

康威说:"您真是一针见血。我不清楚你们是否给这里的来客都分了类,假如是的话,我想,我可以被编号为"1914—1918",或许我会成为你们博物馆中非常独特的一个古董样本,而我的其他几个伙伴不会属于这个品种,我所经历过的岁月中,我的热情和精力都耗费得太多了,但我很少和人谈论这种感受,此后我只希望在这世界上能自得其乐,没有烦恼,此地确实有一种奇异的宁静和安逸诱惑着我,这一点可以肯定,如同你认为的那样,我的确会适应这里的一切的。"

"我的孩子,这就是你的回答?"

"我希望我能够如你们一样过一种中庸的生活。"

"你很有头脑,张先生说得没错,你的

137

消失的地平线

确有头脑,但是,对于未来,我向你描绘的未来,你没有特殊的感想吗?"

康威沉思后才说:"你的故事非常吸引我,但是说心里话,你叙述的未来也在吸引着我,但是这种吸引并非那么具体,我无法想象遥远的未来,我想,如果明天就得离开香格里拉,或者是下周、或者明年离开,我一定会遗憾,但是我却不能去预料我是否可以活过100岁,如同任何正要经历的和将来要经历的那些事情一样,我能够接受,但是让我去考虑意义,我对生命本身的意义都怀疑,假如没有意义,就不需活那么长时间了。"

"亲爱的朋友,这座建筑具有佛教的份也有基督教的份,此地的传统是不容忽视的。"

"或者是,可我们依然无法理解人们为何要羡慕那些长寿的人。"

"有个非常充足的理由,这就是我们为何选择在香格里拉生活的全部理由,我们不尊崇那些毫无效果的实验和单纯的猜测。我们尊崇梦境和幻境,这个梦境出现于1789年裴洛尔特在这间屋子里等待死神来临的时候,在他的幻境中,他生命中的每一幕都重现了,我和你已经谈过,他突然觉得任何令人陶醉的追求和享受都是一种无常,没有永恒,这一切都可能会被战争、私欲、蛮横的行为毁灭,他经历的所有事件都在眼前,脑海里不断出现另外一些印象中的景象,他能够清楚地看到一些国家兴盛的过程,但是方式却是野蛮疯狂,具有毁灭性质,他也看到机械时代的强大,随便一个人用随便一种武器就可以去抵挡法王路易十四的整个军队,他同时感受到,当人类把大地和海洋也变成文明的遗迹之日,天空和宇宙又会成为被占领地,这些幻境,你能说是真的虚幻吗?"

"这些确实存在。"

"不仅仅是这些,他还预想到未来的人们会为杀戮术的进步而兴奋不已,而这种技术会将整个世界掀动起来,那些值得珍惜的事物和物品都会面临危险,所有的书籍、艺术,所有美好、珍贵的人和事物,还有历代传下的珍贵文物,所有精致完美的东西都会在没有任何保护的状态下突然消失,毁灭,如同利文著作中所描述的罗马帝国的毁灭一样,如同英国人毁灭了北京圆明园一样,一切都会遭到洗劫和摧毁。"

"我同意你的观点。"

"是的,那么智慧的人类又该如何抵抗机械文明的合理性呢?相信我,老裴络尔特的幻境都会成为真实的境遇,我的孩子,我叫你来就是因为这个原因,这就是我们期望长寿、期望摆脱苦难的全部理由。"

"摆脱?"

"这的确会到来,当你到我这岁数的时候这些都会降临。"

"香格里拉难道会永远如此平安?"

"也许会,我们并不期望会有施舍和宽容到来,但是我们还有幸存的可能,我们有书籍、音乐和思考陪伴,在此地,我们可以如此去珍藏整个时代在衰亡中尚存的精粹文化,同时将那种人们已经消耗完了激情后达到的冷静和智慧找到,我们将会为人类保存一份遗产并留给后人,我们会用我们的珍惜延续我们的幸福、享受的一生。"

"之后呢?"

"我的孩子,之后强权相互倾轧的时代,基督教的理想会体现出它的作用,那些隐忍的人们会成为世界的主导力量。"

老人在低语中被一丝微弱的阴影覆盖,康威不由被牵引入一种美好境界中,他又一次感觉到身体周围无法冲破的黑暗,恰如外界动荡不安的局势。而他面前这位大师的确显得非常兴奋,似乎是个若隐若现的幽灵,他忽然起身挺拔地站在原地,完全是因为礼节,康威上前扶他一把,但是却有一种前所未有的举动将他牢牢控制,他有了一生中没有对其他人有过的举动,他跪在地上,但是没有原因。

他说:"我明白了,神父。"

他已经搞不清是如何离开这个房间的,他被一种奇异的梦想占据,这是他期盼得已经近乎失望之时才出现的梦想,朦胧中他想起离开那个高温闷热的屋子后,夜晚的寒气非常重,张先生不知道什么时候出现了,和他一起走过月色下的院落,香格里拉第一次将它如此诱人的魅力完全呈现在他眼前,山谷在山崖的怀抱中,好像宁静的湖泊一样,那些协调一致地与自己此刻的安静平静糅合在一起,而对这一切康威已经感到非常自然。

如此的长谈,谈及的话题又是如此广泛,没有给他再留下猜想的空间,无论是从感情上还是从思想上,这种相互融合了的二人世界,使他打消了一切顾虑和烦闷,反倒感觉一种安逸谐和,张先生再没说什么,他也没有言语,夜很深了,令他满意的是其他人都早早睡去了。

消失的地平线

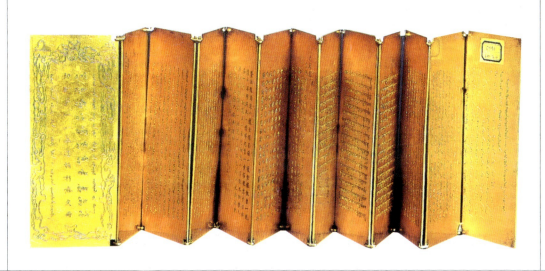

第九章
永不衰老的容颜

早晨他开始感到迷惑,印象中的一切似有似无,他无法搞清楚是在清醒时候的亲身经历,还是梦游时的所见所闻? 顷刻他又如梦初醒,在早餐时刻,同伴们开始在餐桌上提出一连串问题。

首先是那个美国人:"昨天晚上,你和那个老头谈了很久,本来我们在等你,但是实在太困了,他是怎么回事?"

"关于送货的人,他说了吗?"玛里逊非常焦急。

"我但愿你已经同他谈了在此地设立传教组织的事情。"卜琳可萝小姐自有她关心的事情。

接二连三的提问又使康威有了本能的设防,他很快非常坦然地回答:"或许诸位会大失所望,关于传教组织,还有送货人,我们都没有谈到,而他本人则是个老人,非常老,说地道的英语,很有见识。"

玛里逊愤怒地插话:"他可靠与否无关紧要,问题是你感觉他是否愿意让我们离开此地?"

"他看来还不是个坏人。"

"那为何不问问送货人的事?"

"没来得及。"

玛里逊很迟疑地望着他:"康威,我搞不懂了,你在巴司库的事件中可是非常能干的,和现在判若两人。"

"实在对不起。"

"不必说对不起,你该打起精神来,像个在处理事情的人。"

"你误会了,我是觉得让你们失望了。"

康威说话不那么细腻了,他显然在掩饰情绪,他那样子使人难以琢磨,连他自己都会惊奇,竟然能够如此坦然地遮掩,他已经在按照大师的提议保守机密了,同时他的确感到很难处理此事,对于同伴们

护法空行双尊图。壁画。佛祖从发现衰老之人开始觉悟到"无寿者相",经历了相当痛苦的过程。衰老是人人都无法逃避的命运。香格里拉却有能力尽可能长地延长人的寿命,它运用的是佛陀的精神,即必须通过参悟,而不是吃药。

的怀疑他已然默许，他们肯定会把他当成叛徒的，如同玛里逊所言，这是一种很难与英雄联想到一起的角色。康威因此忽然发觉这个小伙子还是有可贵之处的，而他还是硬了心肠去设想那些英雄的崇拜者们最终的失望感受，玛里逊在巴司库的时候还是个他的崇拜者，而现在被崇拜的人正在逐渐失去尊敬。完美的偶像一经打破自然是很让人灰心的，再说这偶像还是虚假的，但玛里逊如此崇拜他，起码使他为遮掩自己本身的状态而产生的不安和紧张得到了些许缓解。但这么遮掩下去终究不是办法，或许是因为海拔的原因，香格里拉总是透出一种高雅纯洁的气质，这使人无法去为自己的行为和感受遮遮掩掩。

他说："玛里逊，我认为你应该考虑一下，总是提巴司库实际毫无用处，我确实和原来不一样了，同时改变的还有我们的境遇。"

"在我看来这环境更简单，我们最起码知道自己需要抵制的问题。"

"是屠杀还是奸淫掳掠？你得说清楚了，只要你乐意，完全可以把它称为更简单。"

小伙子高声驳斥道："是的，从某方面看，我是说更简单，我宁愿面对这种简单行为，也不愿意老是陷入这种未知的神秘莫测中。"他忽然又说道："像那个满族姑娘，她怎么会到这个地方来？那家伙是否和你谈过？"

"没有，他何必要和我谈这个？"

"哎，可他又为什么不能和你谈谈呢？关键是你没有问，假如你关心这个事情，你会想到一个姑娘家和一群僧侣在一起住到底是否正常！"

康威没想到他能够想到这一点，最终还是想到了个最恰当的回答："这个寺院可是非同寻常。"

"哦，上帝，的确如此！"

随后是令人恐怖的沉默，很明显，他们都不想再争论了，对康威来说，去追究这个叫罗珍的满族姑娘的来历确乎没有太多意义，她那

消失的地平线

纳西族祭司东巴正在举行敬自然神灵"署"的仪式。

消失的地平线

种少女的纯洁感留在他脑海里的影响使他甚至不觉得她是存在的,但是当谈到满族姑娘时,一直在研究藏语语法的卜琳可萝小姐忽然说这个少女和僧侣的话题使她立即联想到了印度寺院里的风流韵事,这些风流故事首先从男修士的口传到他们妻子的耳朵,再由这些妻子传播给那些未婚的女伴们。她抿着嘴唇道:"当然,我们能够想到,此地的道德是很败坏的。"

她一边说一边望着巴那德,似乎在希望得到他的支援,但这个美国人仅仅是一笑了之。他毫无表情地说:"我不觉得你们会将我的话当作一个有价值的道德观去看待,但是我认为争论是没有用的,我们不得不在一起生活一段时间了,还是都忍耐点,得点清静。"

康威觉得这样未尝不可,但是玛里逊却不甘心,他的话里带着弦外之音:"比起达特莫,这里自然更清静。"

"达特莫?是个大监狱!我知道你的意思,的确,你说得很对,我的确不会羡慕住在那样大的一个地方的人们,但是,你这么嘲讽我也没什么关系,我就是这么个怪物,脸皮厚而心肠软。"

康威赞赏地瞅他一眼又责备地望一眼玛里逊,但是又突然发现他们都是一个舞台上的表演者,这个舞台的背景只有他心里有底,而内幕又是这样地不能道明,他不由想独自呆一会儿,于是朝他们点点头后踱步到院中,卡拉卡尔又一次浮现在眼前时,烦恼和焦虑都消失了,被3个同伴搞得内心不安的那种犹疑也被对这个新的世界的接受所代替了。这时他发现,他越是明白其中的奥妙,事情对他来说越显得为难,此时你只能认为这个事情就该这样发展,惊讶也好,奇怪也好,都会使自己和伙伴开始厌烦排斥自己,因此,他的冷静在香格里拉体现得更为显著,在战乱中他就能随机应变,自如应对,直到现在他都为此感觉十分满意。他得安静下来,即便是要使自己接受那不得不接受的双重生活,此后,他会和这些

背井离乡的同伴一起在对送货人来到此地与回到印度的盼望中度过时日。在任何场合中,他的脑海中都反复出现地平线淡淡的轮廓,好像一块巨大的幕布,时间在消失,空间也在减少,蓝月亮似乎是个象征,代表了未来的某一时刻,那样的奇妙超然,似乎只有进入那一弯蓝色的月亮才能体验的神奇境界。有时他也疑惑他的双重生活中是否存在真实的一面,或者哪一面更真实,但这有什么要紧?战争的情景又一次扑入他眼帘,即便是在硝烟密布的战火中,他也有过类似的兴奋和达观,似乎自己的命不止一条,而死神能拿走的只有一条。

张先生现在开始和他坦白交谈了,他们俩多次谈论喇嘛寺的日程安排、规章制度和生活习惯。康威得知在起初的5年中他依然如常人生活,可以不受任何约束和规矩的限制,这已经成为大家都遵守的惯例。按照张先生的说法"得让身体适应这种海拔的气候,并利用一段时间来调整精神和情感上的犹疑"。

康威笑道:"我认为没有哪个人的感情会在5年中不会有所变化!"

张先生答道:"是的,这是很显然的,关键是我们以何为虑,而又以何为人生的享受。"在5年的准备阶段后,张先生说,下一步就是延续生命的步骤,假如能够成功,当康威在50多岁时看来也只有40岁,这正好是一个能够保持住的、稳定的年龄段。

康威问:"关于你自己呢?这种效果是怎

么在你身上得到体现的？"

"哦，亲爱的先生，我很幸运，我来这里的时候才22岁，你根本猜想不到，我当时是个军人，1855年带领军队进行剿匪，我在一次侦察中应该回去向上级复命，但是却迷失了方向，我带的部队仅仅有7个人耐住严寒幸存下来，而我被救到香格里拉时已经快要死了，全靠年轻身体好才得以康复。"

"22岁？"康威自语地在心里算了一下，"也就是说你现在97岁了？"

"是的，不久我就会得到喇嘛们的认可，可以皈依了。"

"我懂，你得等到100岁？"

"那倒不必，我们在年龄上没有任何限制，但是通常认为到了100岁人的杂念基本上就消失了。"

"我也这么看，之后呢？你认为需要多长时间？"

"这是喇嘛得成正果的一个缘由，香格里拉可以使这种愿望成为现实，也许得过几年，也许得过一个世纪，甚至更长时间。"

康威点头道："我觉得，或许应该祝贺你，这世界似乎已经给了你非常完美的生活，你的青春已经在漫长而欢娱的日子里度过了，你还会度过同样漫长而欢娱的晚年，多少岁的时候你开始感觉到变老了？"

"70岁之后，通常就是这样，但是我认为我其实比自己的实际年龄显得年轻许多。"

"是的，如果你现在离开山谷呢？"

"那样我会死去，或许仅仅能活几天。"

"这可能吗？是不是太悲观了？"

"蓝月亮山谷在世界上仅此一个，要想找到第二个，未免要求太过分了。"

"那么，如果你早年就离开山谷呢？我的意思是，30年前，当你的青春正在延续的时候！"

张先生道："那时我可能早死了，不管怎么说，我一定会显得和我的年龄一样衰老，这种怪事几年前发生过，在此之前也有几件同样的事例。我们中有个人走出山谷去接应一

个据说要到山谷的队伍，这是个俄国人，很早就来到此地，按照我们的方式得到很好的修为，在80岁的时候看去还是个不到40岁的人。他应该在一周内返回，但是很意外，他被一个游牧族抓去带到远方，我们都认为他可能迷路了，但是3个月后，他逃回来了，却变成了另外一个人，时间的每个印痕都刻在他的脸上和言行举止上，没多久他就如一个普通老人一样仙逝了。"

很久康威都未发话，他们是在图书馆里，主要是张先生在说，他始终望着窗户的走廊和远处通往外界的那条小道，有一抹白云游弋在山顶。最终，他说："张先生，这故事使人感到恐惧，时间变成了一个胆小的魔鬼，守候在山谷外，随时预备着去吞噬那些逃避了太长时间的懒惰者。"

"懒惰者？"张先生不太理解，他的英语很好，但是依然会对某些口语感到生疏。

康威解释说："懒惰者是一个熟语，就是无事可做的游荡者，我不是刻意要用这个词。"

张先生躬身表示谢意，他对语言有浓厚的兴趣，更喜欢对一些新词赋予哲理性，他停顿片刻道："这词很有意义，你们英国人把悠闲无为的生活当作一种不良习惯，我们正好相反，相比之下我们更喜欢散漫的生活，而非过于紧张的节奏，当今世界难道还不够紧张吗？假如懒惰者更多一些局势是不是会更好些？"

"我赞同你的意见。"康威带着严肃而风趣的表情答道。

在见到大师后的一周内，康威又见到了几个他未来的同道者，张的介绍没有勉强，也没有热情，但这种气氛使康威感觉非常有吸引力，这种气氛不是喧闹和焦躁，也不是拖沓带来的烦恼。

张先生讲解道："确实如此，有些喇嘛可能要很久以后，或许过几年才会见你，这很正常，他们会在适当的时候来认识你，他们不着急见你，并非他们不想。"

康威很理解，因为他在外国使馆去见新上任的官员时也是这样。但是他确实见到了一些人，交谈很融洽，和这些比他大3倍的高龄者交谈根本感觉不到在伦敦和德里感受到的那种被迫承受的尴尬。

他交往的第一个和蔼的德国人叫美司特，他是19世纪80年代一个探险队的幸存者，英文虽然有方言，但是讲得很好。两天后他见到了第二个人，是大师特意提到的阿尔斯·卜奈可，一个瘦小而健康的法国人，看来他并不老，但是他却自称是肖邦的学生。康威感觉他和那个德国人处得非常好，他已经在无意间开始了研究，几次深谈式的交往后，他从这些见过的喇嘛身上看到各自的不同，他们不认为青春永驻是更好的比喻，但又想不出其他的语言，另外，这些喇嘛都显得睿智而沉静，总是在谈论中恰如其分地体现出分寸感和才华的锋芒。康威和他们对他们的谈话都能做出及时而得体的反应，他发现他们都意识到了并非常满意。他也意识到他们和其他那些文化素质很高的团体一样容易交往，虽然在他们谈论往事的时候都有一种奇异而莫名的，但却并不掩饰的毫不在意。比如一个白发苍苍的慈善老人和康威谈起柏拉图，问他是否有兴趣。康威说多少有点，但老人却说："你知道吗？那时候我是个牧师助理，在海沃斯的牧师区住过，我在那里投入了对柏拉图所有专题的研究，的确如此，或许你可以看看，我正在撰写一本关于这一研究的书。"康威非常高兴地与他交谈。

之后他随同张先生出来，在路上开始讨论那些喇嘛关于来香格里拉前的所有追忆，张先生说那是修炼过程中的必要一步，他说:"你能理解,要想消除一切欲望,其中最关键的一件事情就是反思自己的过去,这和对未来的向往和描述一样,必须看得确切清楚。你在此地居住久了就会发现晚年你的意识会逐渐有了新的关注点,这如同一台调整了焦距的望远镜,通过它,你会看到所有的事物都会按照它本来的面目宁静清晰地体现出来,这如同你的新伙伴非常明白地意识到他一生中最重要的事情莫过于去拜见一个老人,而这个老人正好有3个女儿。"

"也就是说我应该去追忆一下我一生中最重要的事情?"

"思考这些不会太费神。"

"我不知道如何去面对。"康威显得有些忧伤。

但是,不管过去成果如何,他已经感受到了现在的幸福。在图书馆里读书,在乐室里弹一曲莫扎特的曲子,他总会感觉到一种神圣感,好像香格里拉就是生活的本来面目,而这本来面目就是能够自如地支配年龄,并把年龄从时间和死亡的掳掠中神奇地留存,和大师的交谈总是很清晰地出现在眼前,每一次的思索都带来一种静止的感受,好像有千万种呢喃低语地流过,洗涤他的视听,使他疑虑顿消。他总是非常安静地望着罗珍的素指抚出幽怨缠绵的曲调,她羞怯微笑的嘴唇小巧如一朵盛开的鲜花,康威感觉这微笑别有意味,即便她现在已经了解到康威能够说汉语,也很少交谈,而对偶然来乐室的玛里逊,她几乎没有话,但是康威却从她的沉默寡言中感受到一种无法遮掩的动人心魄的魅力。他向张先生打听过她的身世,得知她是满族皇亲。

张先生说:"她被许配给一个突厥王子,在去喀什卡和王子完婚的路上,轿夫们在山野中迷路,假如没有和我们的信使遭遇,他们都会遇难的。"

"那是哪一年发生的事情?"

"1884年,她18岁的时候。"

"18岁?"

张先生点头道:"是的,她修为非常好,你已经看到了,她提高非常快。"

"她刚来是如何适应过来的?"

"她比其他人更难接受这种遭遇,但是没有明显的抵触,我们还是能感觉到她的痛苦不是在短时间内就结束的,这确实不是一般的事情——半路上将一个前去成亲的新娘带回来……我们都非常希望她能尽快在这里找到快乐。"张先生微笑道,"对爱情的欲望怕都不会让她就这么安于现状,在起初的5年,她看来非常不适应。"

"她的确非常爱那个她要嫁的人?"

"亲爱的先生,这倒不一定,毕竟她从来没有见过他,你应该清楚,爱情的欲望是人之常情啊。"

康威点点头,内心有一种奇妙的情感涌上来,眼前出现半个世纪前罗珍的模样,她雍容华贵地坐在装饰出喜庆气氛的轿子里,轿夫们在高原上晃着步履跋涉,她眼前是狂风呼啸席卷而过的地平线,那看惯东方亭台楼阁与荷花园的眼睛再看这塞外定是非常扎眼的。他不仅慨叹道:"可怜的姑娘!"他不禁感觉到这么凄然而美艳的心境会让自己回味许多年,了解她的身世不仅仅使他有了新的感悟,还使他完全理解了她的沉默、文静、寂然,她如同一只没有雕琢过的晶莹可爱的花瓶,流溢着掩饰不住的光彩。

而卜奈可谈到肖邦并弹奏起那令人心醉的熟悉旋律时,康威同样感到一种满足,尽管

消失的地平线

不是那种陶醉感，这个法国人显然掌握了几首肖邦从未发表过的作品，他把谱子写出来时，康威也将自己所有的兴奋和激情都倾注到那段使人愉快的时光中，他记住了所有的谱子，能够得到其他人没有机会得到的幸运，他感觉到一种异常的快感，卜奈可还没有结束他的回忆，他记得有一两章乐曲或许是被作曲家无意删除了，或者是在某个演出场合即兴又加了一段，当这些音符在脑海里跳跃的时候，他会立即把它们记录下来，确实凭记忆发现了一些非常动听的旋律，张先生说："卜奈可还没有皈依的念头，因此他总是谈论肖邦也不要惊奇，年轻一些的喇嘛喜欢沉湎于过去是很正常的事情，这是修行中坦然面对未来必然的步骤。"

"那么老年喇嘛都做些什么？"

"这个，拿大师来说，他将全部的精力几乎都花在冥想思索的打坐修行中了。"

康威默想片刻道："顺便问一下，你认为我再次见到他会是什么时候？"

"亲爱的先生，肯定是在这5年的心理适应期之后。"

但是张先生的推算很快就有了结果，在进入香格里拉将近一个月时，康威第二次进入了那个闷热的大师的房屋。张先生说过，大师从不离开此屋，这种高温的空气对他身体很有好处，因为早有心理准备，他没有了第一次见面时的仓促尴尬，的确，当他鞠完躬，和那双深陷的明亮的眼睛对视时，他确实感到了轻松。

虽然他已经了解到能够这么快得到第二次召见在香格里拉来说是非同寻常的荣誉，却从这双眼睛的意味中体会到的是一种默契。严肃而庄重的氛围没有给他带来丝毫的不安和紧迫感，年龄的悬殊并未给他带来头衔或者肤色所能带来的那种差距，他对某人的偏爱从来和对方的年龄无关，他对大师的尊崇是非常诚恳的，虽然他始终不明白他们的人际关系为何总是这么文雅而礼节备至。

他们按照习惯相互客气一番，康威回应了对方礼貌的问候。他说自己在这里很愉快，并且已经拥有了友情。

"你没有将我们的秘密告诉你的同伴吧？"

"没有，虽然我为此总是感觉为难，但是，如果泄露秘密局面会更难堪。"

"和我预想的一样，你是尽心了，为难和难堪很快会过去的，张先生说其中两个人没太大的问题。"

"我也这么想。"

"第三个人呢？"

康威说："玛里逊很容易冲动，他还是个小伙子，他现在非常急于回去。"

"你喜欢他？"

"我很喜欢他。"

此时，有侍从送茶上来，品着茶谈话气氛轻松了许多，这么适宜的礼仪也使谈话透出淡淡的幽香。大师和他谈起香格里拉是否使他感到一种奇异的境界，而西方世界是否有这种境界时，他笑道："的确，坦率地说，香格里拉让我回忆起在牛津大学的日子，我曾在那里做过讲师，那里的风景不如此地，学术研究也总是虚无缥缈，就连那些最老的教授和学究也没有这么长寿的，他们一个个看来和他们的年龄一样苍老。"

"亲爱的康威，你很幽默。"大师说，"来年我们会因此过得非常愉快。"

第十章
爱与生的苦恼

当张先生和康威谈起他被大师再次召见的事情时，很惊奇："这实在非同寻常。"这个难以说出赞誉之词的人会这么感慨，可见这种会见的意义。他反复说从喇嘛寺建立起从来没有违背过惯例的事情，大师从来都不会这么着急地再次会见新人，一般都是要在5年的心理适应期后精神境界得到升华，情感世界清净无二的时候才会再次召见。

"你能明白，因为一般和新人交谈，对大师来说心理压力很大，那种俗人的毫无掩饰的发泄是很让人反感的，而他这么大岁数的人不该受这些很难接受的干扰，我深信，这正好是一个启迪，这说明我们的行为规范仅仅是就某种程度而言，无论如何这件事情的确非常罕见。"

对康威来说，这件事情的确特殊，但是经过第三和第四次与大师的会见，他已经把这当成非常正常的事情了，似乎一切都是顺理成章的，否则他们怎么会这么融洽？康威内心隐约的紧迫感减去了不少，他非常平静地离开大师的房间，他屡次都感觉到了一种被大师的超常的睿智感召的力量，那些淡蓝色的精巧瓷碗中茶香尚未散去，人的思维也开始格外活跃，并且高雅得将康威的意识流淌成一首优美的14行诗。他们的话题牵扯到方方面面，无拘无束，哲学的全部意义都包含在其中，悠久的历史呈现在他们面前的是自我灵魂的洗涤，以及新的理念的存在和实现。对康威来说，这是一种迷人的入门经历，而他却不会因此而放弃批判的态度，某次他为自己的某个理念据理力争，大师对此谈论道："我的孩子，你仅仅是年纪上的年轻，但是从阅历上我看到了你超出年纪的沉稳睿智，我相信你的经历很不平凡。"

康威笑道："和同时代的人比，我没有太不平凡的经历。"

"我无从知晓你的过去。"

稍顷，康威答道："其实没那么神秘，我显得沉稳是因为我很早就有了冲击力太强的体验，我在19岁到23岁时接受了最高等的教育，但也非常折磨人。"

"战争给你带来了苦难，是吧？"

"没那么糟糕,我那时候非常激动、无奈,很想死了算了，但是受的惊恐多了就不再在

消失的地平线

消失的地平线

雪域净土的佛教绘画,密宗气息弥漫画面。幻化无穷的梵天梵地,和自然环境的不可征服性相沟通,显示出狰狞强悍的美,这是生存必备的一种力量在艺术中的最佳转换。藏传佛教艺术描绘出更多的刚毅的天王,活力四射的罗刹女,严厉的护法金刚。特别是男神和女神的阴阳交隔,更是表现得直率而狂野。这些美术作品造型奇诡,设色明亮大胆,形象威严,无不刻画着神的超人强力,那是不可抗拒的信仰的威力。

意。其实我和其他那些人一样，有时会非常愤怒，有时沉湎于酒色，喝得烂醉、杀人、纵欲，这是一种自虐式的宣泄，一个人经历了这么多，放纵到这种程度，留下的只有焦躁无聊的心境，使以后的生活一度蒙受阴影。不要认为我是在假装悲壮，我已经够幸运了，但是那就如同进了一所最糟糕的学校，假如你希望确实能够发现许多乐趣，但是伴随的却是一种精神磨难，因此不是真正的愉快和自由，这一点我比别人更清楚。"

"你的学业就这样中断了吗？"

康威耸耸肩道："或许当激情消退，智慧就来临了。"

"我的孩子，香格里拉尊奉的理念正是这一点。"

"我明白，这使我坦然自在。"

他说的都很现实，在一天天过去的时候，他和裴络尔特、恒司祈迩以及别的喇嘛一样，内心和身体都有了一种满足感，开始被香格里拉魔力般的信念召唤，无法摆脱，蓝月亮完全征服了他。雪山在无法接近的纯净中熠熠生辉，他凝视着山顶，凝视着树木葱茏的山谷，整个视线都被一幅绝无仅有的壮美景象布满，而荷花池对面飘渺而来的古琴低沉清雅的旋律和这奇异的景观融汇得如此自然、融洽。

他已经发现自己开始暗恋这个满族小女子，他的爱没有缘由，不须回应，这是一种心灵的冲动，是他情感中的一份耐咀嚼的感触，他感觉她是所有脆弱而美好的替身，她优雅谦恭的步履和素指纤纤触摸在琴键上的动作都会令他感悟得想亲近，他有时会以她能够接受的方式暗示倾慕，但是她从不表露内心隐秘的情感。有时，康威也不愿意道破这种微妙的感受，而他领悟到能够如愿以偿的惟一条件就是时间，而对他来说，时间足够了，未来任何期望中的事情都会发生，而这种事情里所有的激情注定要在一种心灵的满足中逐渐得到缓解，而无论是1年，还是10年，时间都存在，这种美好的未来在内心隐现，使他深感慰藉。

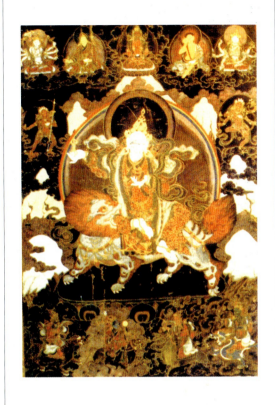

文殊菩萨显身图，是香格里拉地区最古老的艺术品之一。

随后他会时而在另一种状态中生活，去正视玛里逊的焦虑，巴那德的热情，卜琳可萝小姐的偏执傲慢。他非常希望他们如同他一样都能够对事情的原委有所了解，如同张先生判断的，美国人和修女都不是问题，巴那德有一次竟然说了这么一句让他开心的话："康威，我认为这里并不是最适合人生存的地方，没有报纸和电影，但是我认为只要愿意，人是可以尽量学着适应新的环境的。"

"我也这样认为。"康威赞赏地说。

康威之后才得知张先生曾把巴那德带到山谷里，如他所愿，像一只夜晚的猫一样去领略此地居民所能够享受到的娱乐。玛里逊对此更有意见。

消失的地平线

消失的地平线

　　纳西族东巴教用于超度亡灵仪式的长幅卷轴画"神路图"全卷摹本，一般长约13～20米，上绘神界、人间、鬼狱3界各种人神鬼兽的形象。其中融汇了早期东巴传统的粗犷画风与后来发展的精绘画风格。"神路图"有多种版本（有说达1000多种），均为各个时期不同地区的东巴祭司根据东巴画谱而作，绘画风格因人而异。从中还可看出东巴教理与藏传佛教、巫教等教理的相同处与相异处。

　　"神路图"是用于为死者开路指路用的。"神路图"将天界（神界）、人间、地狱3界与生死轮回的过程，画在宽1尺，长4丈的直幅长卷上，400余个造型不同的人神精灵、奇禽怪兽，在不同的时空关系中，连环画似地展示了"因果报应"、"生死轮回"等宗教观念；它形象地描绘了人死后亡魂不灭，先要经过9座黑山和6大地狱，每大地狱又有3个小地狱，共有18个地狱，历经种种磨难和报应的过程。

　　"神路图"将空间（"3界"）里的幻象，与时间（"轮回"）中的幻象，有机地结合在一起，用象征的方式，影响人们的宗教心理，使人们认为，属于彼世和彼界的亡灵，可以通过这些有灵的图像轮回于生死3界时空；属于现世和此界的活人，也可以通过这些有灵的图像溯问祖地，通达神界。将有限的个体生命与荒远的始祖、氏族的图腾、永生的神灵等进行"认同"，从而在一种虚幻的文化与心理的"同构"关系中，使"灵"寄附在一种与亘古时间和超然空间相关的神秘之"象"上，化合出一种对永恒时空顶礼膜拜的宗教信仰。"神路图"是一种震撼心灵的原始艺术。

种适当的趣味。"玛里逊刻薄地说。

"是啊,我就这种趣味,这里的生活可是适应了各种人的趣味,有人已经喜欢上弹钢琴的小姐了,尽管如此,难道你会指责人家?"

康威没说什么,但玛里逊却如一个焦躁的小学生一样嚷起来:"假如他们的嗜好使他人的财产受损,你有权利送他们进监狱。"他恼火得厉害,失控了。

美国人优雅地讥笑道:"这是自然,你可以这么做。但是就到此为止吧,说正事,我倒有个消息,关于那些送货人,他们总是按期来这里,我打算在下一批,或者下下一批送货人来时再走,假如能和喇嘛们谈谈,我的住宿费用会得到解决的。"

"你不想和我们一起走?"

"是的,我想再住一段时间,这对你们最合适不过,你们回去有乐队迎接,而我呢,要等警察迎接,想到这点我就恐惧。"

"总之你怕法律的制裁!"

"是的,我向来不喜欢被制裁。"

玛里逊漠然冷笑道:"这是你的私事,只要你愿意,就是在这里呆一辈子也没人拦你。"随后他环顾四周,有些求助地说,"不是人人都这么想,康威,每个人的想法不同,是吧?"

"是的,每个人的想法不同。"

玛里逊转向卜琳可萝小姐时,她忽然放下手中的书道:"说心里话,我也打算留在此地。"

"什么?"他们都惊奇地叫起来。

她明媚的笑脸似乎是硬贴上去的而非从内心流溢出来的,她说:"你们应该懂得,我一直都在观察、思考我们来此地前后的经历,最终只能证明一点:这一切都是一种神秘力量在发挥作用,康威先生,你认为呢?"

康威不知道该怎么回答,卜琳可萝小姐却又急切地说道:"这是上帝的旨意啊,我们能违背上帝吗?我是主特意派到此地的,因此我得留下来。"

"你想在这里修个教堂?"玛里逊问。

"不是想,是确实有这打算,我知道如何和当地人交往,我有我的计划,这不是问题,

"简直不可理喻!"他先对康威发牢骚,随后又对巴那德道,"不过,这和我无关,你得有充足的体力才能应对回去路上的艰辛,你不是不明白,送货人两周后就来,据我所知,要从这里回去和开汽车兜风可不一样。"

巴那德平静地点头道:"我明白,但是说到体力,我感觉从来没有这么健康过,我每天坚持锻炼,这不是我的顾虑,山谷里那些酒店不会让你醉到哪里去,你应该知道此地的理念:中庸之道。"

"是的,我毫不怀疑你一直在寻求一

消失的地平线

他们中没有一个真那么顽固不化。"

"你想教化哪些人呢？"

"是的，玛里逊先生，我极力反对他们这种适当的中庸，你可以说这是一种宽容，但是我认为这是懒散松懈的前奏，此地人的所有症状都是他们提倡的宽容，我会尽力与之斗争。"

"他们如此宽容，会和你斗争吗？"康威笑道。

"应该说她这种雄心是他们阻挡不了的。"巴那德嬉笑道，"我说过了嘛，这里能适应各种人的趣味。"

"如果你正好喜欢监狱的话，是有这种可能。"玛里逊愤怒地反诘道。

"呵，得分析地对待这个问题，感谢上帝，想想那些奉献一切供人挥霍的人，再想想这个偏僻之所，谁真正在困境中？是我们进了监狱，还是他们呢？"

"网中鱼的自我安慰！"玛里逊挖苦道，他的愤怒不减。

事后玛里逊和康威单独谈天，他说："我很厌恶这家伙。"他边说边在院子里来回走，"他不和我们一起回去没什么不好，你或许把我当作一个爱发火的人，但是听他拿那满族姑娘来挖苦我我怎么也不能容忍。"

康威拉着他的手，他越来越感觉到这小伙子的坦率可爱，这几周的交往使他更理解他并爱护他，虽然误会和争吵无法避免，他说："我确实认为他是在说我，而不是你。"

"不，他在说我，他知道我喜欢那姑娘，我的确喜欢她，康威，我搞不懂她如何会来此地，她是否确实喜欢这个地方，上帝，假如

能和你一样说她能够懂得的语言，我一定要和她好好谈谈。"

"我怕你无法实现这个愿望，你知道，她很少和人说话。"

"我也不想太打搅别人。"

他本想再说几句，但是一种隐约的同情使他又不能明说，他感觉这个小伙子的热情和焦躁会使他对此事过于认真，他说："如果我是你，就不会去担心她，罗珍看来过得很不错。"

巴那德和卜琳可萝小姐打算留下来使康威不再那么为难，但和玛里逊的态度却显然相反了，这种状态有些难言，他自己也尚找不到切实的解决之道。不过也没有必要表明态度，已经两个月了，什么事也没有出现，而他也为即将到来的必须决策做好了准备，各种理由都使他不得不为难以回避的结果担心，但他仍然说："张先生，你能理解，我很关心玛里逊这个小伙子，我怕他得知事情的原委后会冲动。"

张先生也很同情："是的，要他把这当作好运气去接受不是易事，但这种困难会很快过去，只要过上20年，他自然就想通了。"

康威认为这未免武断："我不知如何和他谈这件事情，他一直在计算送货人到来的日子，假如他们来不了……"

"他们肯定会来的。"

"是吗？我以为你是在用一些神话安慰我们。"

"不会这样的，我们没这么偏执，我们香格里拉提倡适当说实话，我可以保证关于

消失的地平线

人间乐土。壁画。傣族佛寺壁画极具世俗生活情趣。这些壁画色彩隆重明快，装饰味强，不像藏传佛教艺术，反而更像中原民间年画。这体现了各族文化交融的特点。生活于香格里拉的人，对世界有着独特的感知方式和表达方式，形成独特而又融汇各种文化的传统和象征体系。香格里拉作为一种文化现象，既是人为的，亦是天生的，一切都可适度控制。这正是希尔顿为西方文明的没落而设计的最佳解决方案。

消失的地平线

梅里雪山的卡格博峰是云南第一峰,它高耸入云,横亘天际,海拔6740米。与希尔顿笔下的卡拉卡尔山非常相似。希尔顿写道:"星空下昂然一座雄峰,这是世界上最雄伟绮丽的山,它好似完美的冰雪砌筑的金字塔,造型简洁得如同孩子信手涂鸦而成,你看不出它到底有多大,多高,也看不出它到底离你有多远。简直不敢相信这是世间存在的美景。"

消失的地平线

送货人的事情，我说的全是实话。不管怎么说，我说好的那个时段他们会到达的。"

"这就是说我们没法不让玛里逊跟他们走了？"

"我们不用操心这些，很显然，他自己会搞清楚那些送货人根本不可能带任何人一同回去的。"

"我知道了，是这种方式？那以后他该怎么办呢？"

"亲爱的先生，之后他会在失望中期盼下一批送货人，他这么年轻，不会轻易失望，但是到9个月、10个月后，他自然就适应了，最聪明的办法就是不要太打击他。"

康威很尖锐地判断道："怕他不会这么想，我感觉他会想办法逃走。"

"逃走？值得用这个词吗？再说，那条道路没有人守卫，任何人都可以走，路障是大自然设置的。"

康威笑道："是的，你得承认大自然的厚待，但是我认为不是所有的情况都如此，那些探险队呢？他们不也是从这毫无阻拦的山路走出去的吗？"

这次张先生笑了："亲爱的先生，这得看遇到什么事情。"

"是的，你们清楚有些太傻的人还是要逃跑，你们也不阻拦？我认为以前的确有人这么选择过。"

"这事很常见，但是逃走的人在外徘徊一夜后自然会回来的。"

"没有遮蔽严寒的地方？也没有抵御冷风的衣物？看来你们这种和善起到了怎样严酷的结局了，但是那些很少没有回来的人呢？"

碧塔海是世界上最美的湖泊之一，它位于原始森林深处，是香格里拉地区的标志。

"你自己已经说得很清楚了。"张先生道，"他们确实没有回来。"随后又急切地说道，"我能保证这种不幸很少发生，而你的朋友不会莽撞到这么轻易地去充当这些不幸者。"

他的回答并没起到安慰康威的作用，他依然为玛里逊的未来担心，他但愿这个小伙子会想通了返回来，以前就有这种例子，而塔鲁也是如此做的，张先生也承认此地的权利机构会行使那些他们认为最明智的权利。

"亲爱的先生，你要用你和朋友的友情来权衡我们的未来这显然不是聪明之举！"

康威认为他说得很对，按照玛里逊的脾气，很难使人怀疑回到印度后他会做些什么出格的事体，他会把事实夸大，他习惯如此。

但是这些凡尘杂念逐渐被香格里拉非凡的信念所取代、净化，假如不担心玛里逊，他会非常的满足，这个新世界展现给他的所有状态都和他内心的渴望契合，这使他感到格外神奇。

他曾问张先生："我希望了解，当地人对感情的理解，我认为那些初到此地的人会陷入爱情中吧？"

"这是常事。"张先生的笑容很厚道，"喇嘛们和大多数的凡人一样，在成熟年龄有自己的自由，他们也能够适度去支配自己的行为，这正好可以让我证实给你看到香格里拉人道的一面，你的朋友巴那德已经感受到了。"

康威微笑着说，声音有些坚硬："非常感谢，我相信他已经有所感受，但是我却不能保证自己，比起肉体，我更希望得到心灵和情感的感应。"

"你认为这两方面是那么容易就能分开吗？我想你是爱上罗珍了吧？"

康威想尽力遮掩："你怎么会想到这里？"

"亲爱的先生，假如能掌握分寸，这不是多严重的事情，罗珍从来都不接受别人的爱慕，你或许会失望，但是这种感受是很美妙的，我如此肯定这种感受，是因为，我也爱过她，那时候我还很年轻。"

"真有这事？她没有一点反应？"

"应该说，"张先生简约地说道，"她总是让那些钟情她的人把位置正好摆在爱慕的美妙和得到的美妙之间。"

康威笑道："那已经够让你满足了，或者我也同样，但是像玛里逊这种热情十足的小伙子呢？"

"亲爱的先生，假如玛里逊爱上她，那更好了，这事已经不是第一次发生，我可以肯定当这个可怜的年轻人得知无法回去时会得到罗珍的安慰。"

"安慰？"

"是的，但是你恐怕不能理解这个词，罗珍对其他事情都很漠然，但是对于那些伤心欲绝的事情，却能勾动她的心弦。你们英国的莎士比亚不是如此描绘那个埃及艳后克莉奥潘多拉的吗？'她使那些得到满足的地方越发焦渴'，这是爱情中的常态，但是这类女人只能在香格里拉外的世界找到，对于罗珍，却是'她使那些得到满足的地方不再焦渴'，这是玛里逊能够留下来的最微妙的方式。"

"也就是说，她善于此道？"

把肖邦当作最非凡的作曲家，但你了解我，我最喜欢的是莫扎特。"

到侍从将最后一碗茶撤下后，康威才又一次贸然将适才的话题接上："说到玛里逊，你说他会让我为难，怎么会是我呢？"

大师的回答令人吃惊："我的孩子，因为我要圆寂了。"

不仅仅是意外，也太使人难以预料，康威不知该说什么，最终大师继续说："吓到你了吧？但是这事很正常，我的朋友，人总有一死，在香格里拉也无法避免，我不会活多久了，或许，只剩几分钟了，我这么说仅仅是因为我已经看到了自己的未来。你如此地关注让我感动，我也不想隐瞒自己尚存的难过，像我这种年龄，是该离开这个世界了。不过我没有什么可留恋的，我们的信念是保持开朗，我很知足，而在弥留之即我得让自己接受一些奇异的感觉，我清楚是该安排后事的时候了，你能否想到我最后想做的事情？"

康威无语。

"这事关系到你，我的孩子。"

"你给了我太多的荣幸。"

"我不仅仅是要给你荣幸啊！"

康威微微点点头，却依然无语。等了一会儿大师又道："你可能已经了解到我反复召见你这已经是打破常规了，我们没有这种传统，或者，应该说，我们没有被传统奴役过，我们不死板守旧，也没有无法违抗的规矩，我们在乎事情的合理性，除了以过去为经验，更重要的是我们拥有的智慧，并考虑到未来，这就是我能够做好最后一件事的信心和勇气。"

康威依然沉默。

"我的孩子，我想让你继承香格里拉的财产和命运。"

紧张的空气突然凝固了，康威能够感到这话背后那种隐含的不容违背却和缓的口气在征服自己，大师的声音似乎在沉默中震荡着回音，而康威听到自己的心跳加快的声音，这声音的节奏也顷刻又被大师的声音打断了："我等了你好久，我的孩子，我坐在这里召见过许多外界闯入此地的来客，我从他们的眼神和声音中寻找，寻找你的影子。我那些同道尽管非常智慧但是毕竟太衰老了，你又年轻，又如此明智。我的朋友！这个任务并非那么艰巨，我们的管理方式非常宽容平和，你要懂得耐心和平和，以及应对自如的头脑和心灵，在风暴降临的时候隐秘而睿智地将它处理妥当。你自然会很容易做到这些，同时会从中获得莫大的快乐。"

康威想说什么，却不知从何谈起，忽然一道闪电打破黑暗，他忽然觉悟，几乎惊呼道："风暴……这就是你说的风

纳西东巴使用的法器。东巴在主持仪式时使用这些法器来作法。东巴教包含着非常丰富的文化。东巴是一切活动的中心人物。他们左右着纳西文化的核心知识。东巴教是原始的多种的巫教。是从纳西人的观念，比如人有灵魂，宇宙万物都有灵神，图腾崇拜、祖先崇拜等等基础上发展而成的，同时吸收了各种宗教知识而更具包容性。崇拜内容包罗万象，从天上的日月星辰到地上的山川河谷，从陆上的木石鸟兽到水中的蛙虫龙王都包含在内。东巴教包含有语言文字、民俗、礼仪、宗教典章、文学、艺术、天文、历法和哲学等文化样式。

消失的地平线

暴？"

"是的，我的孩子，这是一场不可避免而百年不遇的风暴，那时候战争是无法取得和平的，权力也不能提供帮助，即便科学也无用武之地。所有的文明都会遭到践踏，人类的一切事物都会出现僵局，拿破仑还不为人知时，我就预想到了未来，现在每度过一分钟我会更清醒，你认为我的认识有错吗？"

康威道："我认为你说得对，这种惨剧曾经发生过，并波及为一个世纪的灾难。"

"把这个与我们即将面临的黑暗比较，有些过了。因为那种灾难并非完全的灾难，它还是有着希望之光的，即便整个欧洲的文明都泯灭了，还有其他文明，这文明的确源于中国，一直惠顾到秘鲁。但是我们所要面临的灾难时代将波及整个世界，无人可以幸免，也没人能够找到隐藏之地，只有那些过于偏僻且秘密得无人关注的地方才能幸免，香格里拉就是这种地方，那些带着死亡信息的飞机的目标是大都市，而非此地，就算有飞机注意到这个山谷，也会认为不值得为它浪费一枚炸弹。"

"你相信这就是我们这个时代的遭遇？"

"我相信你能够安然度过这场风暴，随后将是漫长而孤寂的时光，你不但活着，而且会越活越有智慧和耐心。你会将我们的历史精华吸取并发展它。你会接待那些新的外乡人，把长寿和智慧的秘密传授给他们，而当你很老很老的时候，会有一个异乡人继续你的事业。我同时还预想到了一个废墟中建立的新世界，尽管会有困难但是却不乏希望，人类会重新寻找那些消失的神奇的珍宝和财富，而这些都在香格里拉，这个神奇的世界整个都深藏在蓝月亮山谷，文艺复兴的文明会在这里复苏……"

他终于说完了，康威从这张似乎存在于愿望的脸上看到了古雅而清幽的光芒，很快这光芒退去，空余下黯然的躯壳，如一截朽木，毫无生机，那双眼已经安然闭上了。他呆望许久，恍若梦中，他终于明白，大师已然圆寂了。

该冷静下来整理一下自己的思绪了，这种境遇太奇异了，无法令人接受。康威无意间看一眼表，零点一刻。他走出屋子才发现自己甚至不知道该上哪里求助。藏人们都睡去了，也不知该去哪里找张先生或者其他人，他惆怅地站在黑黝黝的走廊上，窗外明净的天边银色的雪山光芒依旧，依然恍若梦中的康威忽然明白自己已经成为香格里拉的主人。他钟情的一切都在眼前，内心世界的这片天空已经取代了凡尘的喧嚣，他眼神恍惚地在黑暗中寻找，不时停留在华丽得流光溢彩的瓷器斑驳的金边上。夜晚的幽香飘飘渺渺，时断时续，牵引他在每个房间游走，最终他跟跄地步入院落，踱步到荷花池畔，一轮新月挂在卡拉卡尔山边，此刻正是1点40分。

不久，玛里逊突然出现，他捉住他的手匆忙拉着他走，他不知道发生了什么事情，只是听这小伙子在格外兴奋地说着什么。

第十一章
现实和勇气

玛里逊始终都紧紧拽着康威的胳膊，一路急走，到他们平常当餐厅的那间带阳台的屋子前依然是这个姿势。

"康威，我们该走了，尽量天亮前就收拾行装走掉，这可是个意想不到的消息，老兄，我无法想象巴那德那个老头和卜琳可萝小姐清晨醒来发觉我俩走了会有何感想？他们竟然想留下来……没他们我们更容易走掉……送货人现在就在山道5里之处，昨天来的，是为了送书和其他物资……明天他们就回去……很明显，这些家伙根本不想放我们走，根本没通知我们这个消息，鬼才知道我们这么耽误下去还得熬多长时间，你……出什么事了？病了？"

康威猛地跌坐到椅子上，伏在桌子上撑着，他揉揉眼睛道："病？恐怕不是，可能是，有些……累了。"

"哦，可能是暴雨的缘故，刚才，下雨的时候你在哪儿？我等你好几个小时了。"

"我……我在拜访大师。"

"哦，你去找他？看来这是最后一次了，感谢上帝！"

"是的，最后一次。"

康威的声音有种怪怪的感觉，随之的沉默更耐人寻味，小伙子着急地催促道："嗨，求你别这么犹犹豫豫，不能再磨蹭了，你知道，我们得立即走。"

康威突然被一种感觉冲击得有些木然。"非常抱歉！"他边说边点上烟，希望能够缓解一下内心的不安，整理一下此时的思维，他不知道该怎么办，有些语无伦次，"我担心，你的意思是？那些送货人？"

"是的，他们来了，老兄，打起精神来。"

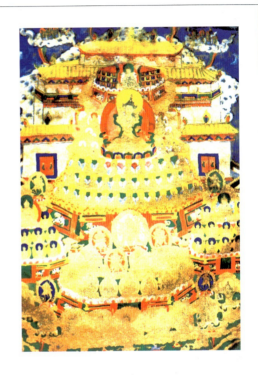

极乐世界群像图，唐卡。香格里拉在精神上与佛教的极乐世界有着紧密的联系。在大千世界中，每一个世界都以须弥山为中心，依次分为欲界、色界和无色界。世俗之人在欲界中充满烦恼和争斗，而极乐世界可以没有轮回之苦，此处纯净圣洁，无生老病死，无任何污垢，香格里拉无疑是世俗的极乐世界，是人类能够进入的圣地，只要你能进入香格里拉秘道，并受到香格里拉的接纳，你就可以进入极乐世界。

消失的地平线

在香格里拉地区，人们正制作藏传佛教的泥坯佛像，这种佛像称为"擦擦"。一般情况下，先用石块或硬泥块制作成前后两块凹形刻版作为母模，然后再用湿泥敷在模上挤压成形。泥坯"擦擦"除了佛像外，还有金刚宝塔造像、藏文六字真言、金刚经等等。每逢虔信者到寺院朝拜，即带回一尊泥坯"擦擦"置于家中供奉起来，成为寺居同灵的圣物。

"你真的要和他们一起出去？"

"对，要出去，毫无疑问，他们正在山的那边，我们现在就出发。"

"现在？"

"对，怎么了？"

康威想尝试让自己的思维再次步入正轨，许久，才说道："我认为，你应该考虑到，事情并非像你想象的那么简单吧。"

玛里逊一边穿一双齐膝的藏靴，一边催促道："我都考虑清楚了，但是，不得不如此了，只要抓紧时间，我们很快就离开了。"

"我不清楚……如何行动……"

"噢，我的天，康威，你对任何事情都这么优柔寡断吗？你的勇气呢？胆量呢？"

他故意嘲弄刺激的态度让康威冷静许多："有没有勇气和胆量对我不是太重要的事情，如果你想要我解释，可以这么说，这件事情没那么简单，假如你真到山道找到送货人，你能保证他们会带你出去吗？你怎样让他们答应你的要求？你是否想过，他们可能不会带你一同走？不可能你一到那儿，就直接提出让他们送你出去吧，是否该事先安排一下？"

"不会有什么事情会耽误计划的。"玛里逊烦恼地喊道，"上帝，你到底怎么了，幸好我也不须依赖你，因为我都安排妥当了，送货人需要的费用都提前支付了，他们愿意带我们走，另外，路途中的衣物和物资都准备好了，你别再推

香格里拉地区的喇嘛寺庙供奉着大量的泥塑神像，主要以大日如来、文殊法身、金刚、观音菩萨、四大天王、普贤菩萨以及宗喀巴、莲花生、阿底峡、松赞干布、文成公主、尺尊公主等为主。在靠近神仙圣水的地方，还会塑当地保护神，如梅里雪山的卡格博太子像。这些塑像与内地佛像不同，自有其威严、神圣和诡秘的风采。

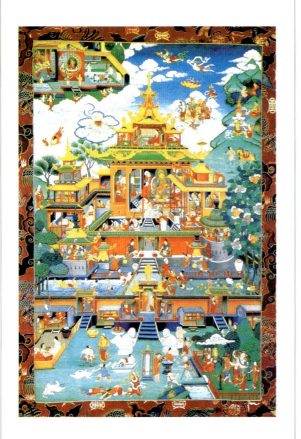

一片欢腾。唐卡。这幅图的内容广泛,既有释伽牟尼降生,又有他少年习武的典故,直到他最终成佛。飞天的形象深受敦煌壁画影响。这幅画有汉传佛教的唐卡风格,从中可看出藏传佛教的唐卡与之的巨大差异。藏传唐卡有三种形式,即黑唐卡、蓝唐卡和红唐卡。黑唐卡用来绘制镇魔降妖题材,在漆黑的底面上大笔勾金,画面雄劲明朗,庄严肃穆,威震四方。蓝唐卡对比强烈、明快平和、用来绘制幸福生活场面,红唐卡则色调大气、喜庆祥和,用来表现庄严的节庆场面。香格里拉地区的松赞林寺曾藏有五世达赖喇嘛赐的五彩金汁精绘唐卡16轴,价值连城、极其珍贵,是罕见的艺术精品。

脱了,快,我们立即走。"

"但是……我还不明白……"

"你也没法明白呀,但这不重要。"

"是谁帮你做的计划?"

玛里逊直接回答道:"你特别想知道就告诉你,是罗珍,她现在就在送货人那儿等我们呢。"

"她在等我们?"

"是的,她和我们一同走,你不会反对吧?"

提到"罗珍",康威感觉内心的两个世界骤然融合到一起,他近乎不屑地喊:"瞎说,这怎么可能?"

玛里逊也针锋相对:"怎么不可能?"

"因为不可能的理由太多,请相信我,她不可能在此时离开这里,这太荒唐了……你谈到的计划使我感到非常意外……她离开这里简直是不可能的事情。"

"我认为一点都不荒唐,她的离开与我的离开一样,是非常自然的。"

"可是她没有要走的意思,你的问题就出在这里。"

玛里逊很勉强地笑道:"你以为你更了解她?或许你没我做得好。"

"你在说什么?"

"语言不通也是能够沟通的。"

"上帝,你到底什么意思?"康威使自己安静下来,"这实在不可思议,还是别争论了,玛里逊,告诉我事情的原委!我的确糊涂了。"

"你有必要这么惊奇吗?"

"那么,请告诉我原委。"

"好吧,其实非常简单,像她这样年轻的姑娘,突然在这种地方遇到个年龄相仿的小伙子,而不是那些与她在一个寺院生活了这么久的老头,她自然不会放过这个机会,逃走,直到现在她才找到这个机会。"

消失的地平线

"你不觉得,你太主观了吗?我不是跟你讲过吗,她很幸福。"

"可她为何要告诉我她想走呢?"

"是她说的吗?她会说?她不会英语。"

"我是说,我跟她讲藏语……卜琳可萝小姐教我一些词,我把词拼到一起……虽然很不流利,但是,她明白我的意思了。"玛里逊的脸微红,"康威,别用这种眼光看我,别人还以为我在从你那里争夺什么。"

康威说:"没人这么认为,我的确希望,但是你的话使我了解了许多比你想说的更多的事实。我只能承认自己很遗憾。"

"你什么意思?"

康威非常疲惫、烦恼,心里冲突得厉害,只能眼看着烟头自行在手指间落下,他更希望没有任何事情发生而使他这么痛楚,他柔声道:"我希望我们之间不要有这么多误会,我也认为罗珍她,很可爱,但是我们没必要为此争执吧!"

"可爱!"玛里逊又尖锐地叫起来,"岂止可爱,你不要总认为别人也会和你一样这么冷漠地处世,别把她仅仅当作一件展览品去观赏!我非常现实,我只要爱一个人我会付诸行动的。"

"但这也太突然了,你有没考虑到她离开此地后该上哪里去呢?"

"或许在中国,或许在其他地方她会有朋友,但不管哪个地方,都比这里要好得多。"

"你把握就这么大?"

"即便她真没地方去,我会带着她,再说,假如你希望能够将一个人从如此可怕的一个地方拯救出来,还会在意到其他什么地方去吗?"

"你认为香格里拉是个如此可怕的地方?"

"是的,我认为这里有一种不为人道的阴暗面,是阴谋,这件事情打头就有问题,一个疯子,没有任何原因就把我们搞到这种地方,接着是各种各样的托词,其实是在软禁我们,最可怕的事情其实是你,你变了。"

"我变了?"

"对,你看来已经失魂落魄,头脑已经不清醒了,什么都不放在心上,你看来也是甘心要留在这里一辈子的样子,你怎么了?你显得如此迷恋此地,康威,你到底怎么了?你就没有理智了吗?我们在巴司库的时候多么愉快,那时候你完全是另一个人。"

"哦,我的年轻人!"

康威不禁把手伸给玛里逊,玛里逊激动地握紧道:"我想你并没有在意,我这几周有多孤单,明摆着没有谁把最重要的事情放在心上,巴那德和卜琳可萝小姐我不会太在乎,但是你,你也反对我,实在不能让人容忍。"

"非常对不起。"

"你总说对不起,有什么用!"

动情之下康威禁不住回答道:"这样,我来帮助你,你知道了事情的原委或许就会得到帮助,我希望我告诉你一些事情你会理解这件事情,目前的情势显得微妙又让人为难,不管怎么说,你一定会搞清楚罗珍不能和你一起回去的真正原因。"

"我认为我确实找不到她不会走的理由,你最好说简单点,我实在没时间和你这么耗。"

康威便尽量简洁地将香格里拉的整个故事都对他讲了,如同大师那样,他重复他和大师、以及张先生之间的一些谈话,并加上自己的认识,他只能这么做了,他觉得此时此地此种境遇是讲这些的最好时机。的确,玛里逊使他为难,他只能按照自己认为最适合的措施去处理此事。他尽量迅速简洁地把香格里拉的原委叙述完毕,不由又沉溺在那个没有止境的奇妙世界中,谈论到香格里拉的美,他总是被那种魅力所迷幻,他总是能够体味到那是在回味一段诗一般的记忆,他甚至因此开始莫名其妙地出口成章,他仅仅隐瞒了一件事情——大师的圆寂与自己接任香格里拉,这是他的情感还无法接受的事实。在将这一切快讲完时,他终于感到轻松许多,心事终于卸去一块。再说,不这样解决又能如何解决?讲完后他抬起头,内心平静,没有了担忧和挫折感,显得很自信。

但是,停顿了好久,玛里逊开始拍着桌子嚷:"我不知道,不知道该怎么说,我认为,康威,你是疯了!"

随之又是长久的沉默,两人无语对视地呆坐,但是感受却完全两样,康威非常累,迷惑、无望,玛里逊呢?非常焦躁烦闷。

"你真认为我是疯了?"还是康威先开口了。

玛里逊忽然失态地大笑:"哦,你真会讲这么荒唐的故事,我能说什么呢?我的意思是,这简直是胡闹,我们没必要为此争执吧。"

康威被他说得一愣:"什么?你说我在胡闹?"

"是的,我能怎么说?实在对不起,康

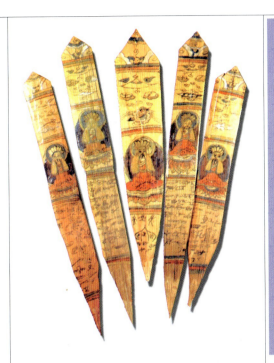

东巴教祭祀时使用的神牌。东巴教保持着自然崇拜和多神崇拜的特点。这些绘画还带上了纳西族日常生活的某些特征。

消失的地平线

消失的地平线

威,你的讲述这么生动,好像真的一样,但是我不认为一个有头脑的人就能相信这些。"

"在你看来,你仍然认为我们漂泊到此仅仅是一次没有意义的意外事故?难道仅仅是一个疯子策划好了用飞机飞跃千里把我们偷运出来,并把这当作恶作剧取乐?"

康威边说边给他一支烟,他们都希望不要再争执下去了。最终玛里逊道:"我想,我们没必要这么婆婆妈妈的争论。其实,你说有人漫无目的地给派到外界去策划带回一些陌生人,而此人特意学习驾驶飞机并寻找机会,一直到在巴司库遭遇4个乘飞机离开的乘客,嗨,我认为这不是不可能,但是未免太荒唐,好像刻意编织的故事。假如真是这样,是得认真想想再说。但是你却要把这些事情同那些无影无踪的怪事搅到一起,那些百岁喇嘛拥有的长生秘诀和青春永驻的仙丹!你的神经真的有问题了,我就这么认为。"

康威笑道:"是的,你的确无法相信,或许我起初也无法相信,我想起来了,当时的感受,的确,对于这个奇特的故事,但是我认为你所见到的一切事实已经证明此地非同寻常,看看我们所经历的这些,这片深居高原内部的山谷,一座拥有欧洲几乎所有文化经典书籍的图书馆的喇嘛寺……"

纳西东巴祭祀纸牌画。表现的是东巴教主阿明什罗召请东巴神灵"神鸟修曲"现身来平息人和自然之间的冲突的故事。

东巴法冠五神冠。中为阿明什罗。左右为"修曲"、"优麻"等神将。

"是的,还有先进的取暖设施,现代化的抽水马桶和浴室,可口的英国午茶,以及我所看到的一切都难以令人置信。"

"那么,你对这些是否感兴趣?"

"兴趣?一点都没有,我承认这是一个谜,但是没有明显的理由来使人去把那些奇异的传说式的谈论当作事实。关于先进的浴室设备,你亲身体验了就相信存在,但是关于那些百岁及百岁以上的老人,别人说有你就相信了?这两者完全不同。"玛里逊又一次笑声异样地道,"很显然,此地的确把你迷惑住了,我不觉得有什么不正常,快点把东西收拾好跟我一起走吧,过上一两个月当我们在那个老餐馆里痛饮的时候,我们就不会再这么争吵了。"

康威淡然道:"我根本不愿意再过那种生活了。"

"哪种生活?"

"你现在想回到的那种生活,那些宴会、舞会、马球……以及这类东西……"

"但是,我也没有谈到跳舞、马球什么的啊,再说,这些都不是什么坏事。你的意思也是不想和我一起走?你要和他俩一样留在这里?好的,起码你别阻止我离开此地。"玛里逊把烟头狠狠摔在地上,往外冲去,一边怒视着康威,"你真是脑子出问题了!"他生气地吼叫道,"真的疯了,康威,你脑子真的有毛病了,我明白你一向沉稳,而我焦躁,但是我内心清楚得很,不管怎么说,你发神经了!在巴司库时,就有人和我谈过,我没有相信他们,现在我知道了,他们说得不错……"

"他们都说什么了?"

"他们说你们这些经历过战争的人,都受过刺激,不正常,我不是在挖苦你,我清楚这一点,上帝,我厌烦这么交谈,算了,我得走了,不管路上会遭遇什么,我必须走,我要信守诺言。"

消失的地平线

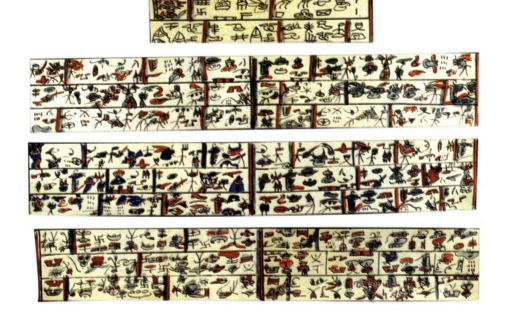

消失的地平线

东巴文字。洛克写道:"纳西人用这种文字描绘了他们的内心生活,自然界的力量激发了他们的情感,生与死的永恒主题,浪漫的爱情故事。自然环境令人畏惧的力量哲学激发他们和数不清的邪恶生灵搏斗,包括鬼怪、恶魔、精灵和大小妖精。他们与神灵息息相通,依靠神灵激发的想象力来和自然环境相融合协调才能生存。"

"你去找罗珍?"
"对。"
康威起身挥一挥手:"那么,玛里逊,再会!"
"你的确不走吗?"
"我不能走!"
"好的,再会!"
两人握了握手,玛里逊便转身走了。康威孤独地在灯光昏暗的角落里默坐,内心似乎翻阅出一句警句:繁华如烟,水火难容,只能取其一。他思索许久,看表的时候已是凌晨2点50分了。
当他坐在桌边抽最后一支烟时,玛里逊回来了。这年轻人慌乱地进来,发现康威便闷头站在黑暗中,好像是在努力控制自己。最终还是康威先发

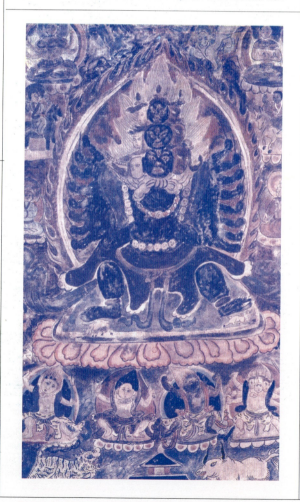

东巴教自然精灵"署"中的一位女首领形象。此画有藏传佛教绘画特色。东巴布挂画最早用麻布作底，近代改用白布，用柳炭条打草稿，涂上各色矿物质颜料，再用毛笔墨线勾勒。画完后再用深色布面缝边，上穿竹条，下穿圆木轴，便于经堂悬挂。内容都是各色各样的鬼神，因为东巴做不同道场要挂不同的"普老幛"。

消失的地平线

消失的地平线

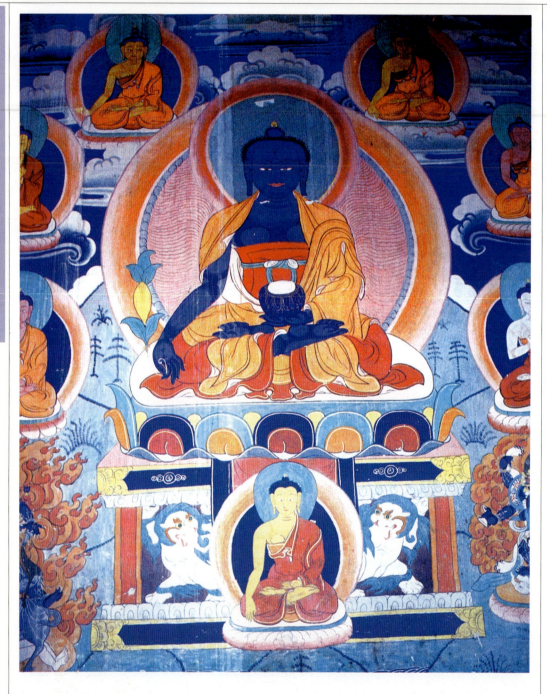

大日如来圣佛像。壁画。香格里拉地区的壁画富丽而精致,风格与藏传佛教艺术一脉相承。设色沉着,笔法精致,庄严肃穆中蕴含丰富的变化,强调装饰效果,线条流畅严谨,构思饱满,透着纯正庄严的宗教气氛,非常大气、正派。

消失的地平线

话了:"怎么了?没什么事吧?为何回来了?"

他温和的问候使玛里逊不由上前将厚厚的羊皮大衣脱下,坐在椅子上,他脸色苍白地颤抖着。"我勇气不够。"他抽泣似地说,"我们来的时候靠绳梯上来的地方,你记得那里吧?我到了那里,但是,我对爬山一窍不通,月光把那个地方照得非常恐怖,我太笨了!"他显得开始失神,开始歇斯底里,康威只能宽慰他。玛里逊接着说:"这些家伙的确没必要担忧,陆地上不会有人给他们带来危险,但是上帝,终有一天我要装一飞机炸弹把这地方给炸了。"

"玛里逊,你怎么会这么想?"

"因为这个地方实在该毁掉,没有文明,肮脏,就是因为这个。如果那些传说真的存在,那我更痛恨。一群苍老的家伙躲在这么个地方,如同蜘蛛一样随时都在网罗那些会接近这里的人,这太不地道了,甚至要活那么长,比如你说的什么高尚的大师,如果他真达到你说的那个年龄的一半,他早该升天了。哎,你怎么会想到不和我一起走呢?我真不想恳求你,但是他妈的,我这么年轻,我们一直又这么要好,和那些离奇的故事比起来,我的生命就这么微不足道?罗珍,她也那样年轻,她就这么下去吗?"

"罗珍可不年轻了。"康威说道。

玛里逊抬眼傻笑道:"她?的确,不年轻,她看来不过17岁,但你确信她已经90岁了。"

"玛里逊,1884年她就到这里来了。"

"老兄,你又胡说了。"

"她的美丽与世界上任何美丽一样,是靠

消失的地平线

东竹林寺的门饰。该寺建于康熙六年，毁于文化大革命，1985年重建。

他，但是得用事实来证明，目前的事情，你的证据呢？我没有看到，罗珍和你讲过她的来历吗？"

"没有，但是……"

"人家说什么你就信什么？再说那个长寿秘诀，你的证据呢？你怎么证明的确存在？"

康威回想起卜奈可弹奏过的那些鲜为人知的肖邦的曲子，便把这点告诉玛里逊。

"噢，你说这个等于没说，我对音乐不了解，即便这些事情的确存在，关于这种事情的渊源，或许完全是另一回事情。"

"是的，确实有可能。"

"还有什么青春永驻，你是说一些丹药？哦，天知道是些什么东西，你亲眼见过还是服用过？"

"我承认，的确没有目睹和体验过。"

"你根本什么都不了解，你认为这样一个故事还需要去费心证实吗？你仅仅是很笼统地理解，毫无道理！"玛里逊此刻有了理由，他继续道，"你对此地到底研究了没有？仅仅凭他们的说辞，仅仅是见了几个老朽，之外呢？我只能承认这里的设置非常合理，文化

那些她也不知道有多少分量的爱惜和赞美存在的。这种美易碎，只能在能够爱惜她的地方存在，如果将这种美丽带出山谷，她会如同山谷中的回音一样很快消失的。"

玛里逊野蛮地笑着，非常自信："我不认为这有多可怕，你真把她当作回音，那么，在此地她本来就是个回音。"他停了一下道，"这样争论下去也没什么结果，我们最好别再谈这些浪漫，还是现实些。康威，我想帮助你，我清楚我在胡说，只是想让你明白，也许对你不无好处，即便你跟我讲的这些都是事实，那也需要确认。你现在得跟我说实话，证据，你怎么证明你说的这些？"

康威无语。

"仅仅是那些人在你面前编造一些离奇的故事吧，即便这个故事的讲述者很可信，你也熟识

东竹林寺的经堂。香格里拉地区的经堂中都悬垂着红色帐幔，其间香烟缭绕，灯影飘扬，充满庄严而神秘的气氛。

的气氛似乎非常好，且善于管理，但是这样一个地方是怎么来的，这种设置和制度是怎么形成的，谁能告诉你？他们为何要把我们留下来？假如真如你所说，也是个谜，这些都不能够成为一个神奇故事确实存在的证据。再说，老兄，你这个重要角色，你犹疑得甚至会听信那些英国院校的传闻，我真搞不懂你怎么会这么急于为那些事情下结论？难道是因为你现在是在西藏？"

康威点点头，即便他认为自己了解到的都真实无虚，他也不能反驳他的一个精辟观点："是的，玛里逊，你的认识很尖锐，我认为现实是当我们都不要去探讨一些事物的理由时，你的所见所闻或许会更有魅力。"

"算了，假如你认为在这一种苟且偷生的状态中仍然还有人生的乐趣，算我都说了些废话，我只希望得到愉快而短暂的人生，而那些未来大战的谬论在我来说也是无聊。谁知道下次战争会在什么时候，会是什么情形，那些对这个时代战争的一切预言不是都没有应验吗？"

康威没有回答，玛里逊继续道："不管怎样，我不能靠道听途说来相信什么躲避不过的灾难，即便真的躲避不过，也不必这么慌张，上帝才清楚，假如真的参与战争我是否会给吓死。和在此地荒废一生相比，我更愿意陷入战争的残酷中。"

康威笑道："玛里逊，你真能强词夺理，在巴司库你把我当作英雄，在此地我又成了懦夫，说实话，两者我都不是，但是这没什么，如果你愿意，我希望你到印度后带给人们的消息是我想在一个藏传佛教寺院里度过余生，我担心另一场战争。不是我希望如此开脱，但是这样说会使那些把我当作疯子的人相信。"

玛里逊显得非常难过："我能这么傻吗？无论如何我都不能诋毁你，你要相信我。我承认我不能理解你，但我希望能够理解。哦，我真这么想，康威，难道我不能提供给你一丝帮助吗？你还有需要我帮你做的事情或者带的话吗？"

两人又沉默许久，最终还是康威先开口：

消失的地平线

消失的地平线

每一座喇嘛寺庙的经堂都珍藏着无数藏文经典,都是无价之宝。经文涉及佛的宇宙世界的诸多方面。在香格里拉,经卷都会得到保护。行文至此,我们应该了解一下美国探险家洛克的一段悲惨遭遇。1944年,洛克离开云南,奉命为美国空军绘制"驼峰航线"地图,他收集的所有学术资料和当地艺术品由美国军舰运送,途中遭日军鱼雷袭击,洛克多年的心血和一卷《纳西英语百科词典》手稿葬身鱼腹。洛克听闻噩耗,精神差点崩溃,多次认真考虑过自杀,因为他不可能仅凭记忆重写失去的著作。我们可以说:原本属于香格里拉的东西应留在香格里拉,外面的邪恶永远都在窥视着并毁灭它。就像那位逃离香格里拉的美丽的长生不老的公主,等待她的必然是衰老和死亡。

"我还想问你,你能原谅我吗?我所做的这些这么让你难以接受!"

"能。"

"你的确爱罗珍吗?"

小伙子苍白的脸一下子红了:"我肯定我爱她,我知道你会认为这不大可能,但确实如此,我已无法克制自己的情感了!"

"我认为这很正常。"

喋喋不休的争辩在一波三折后显得逐渐平息了,康威道:"我也动情了呀,而你和她正是我最关心的两个人,或许你会觉得我太奇怪了。"他突然起身来回在房间里走着,"我们现在是敞开心扉了,不是吗?"

"是,我认为是。"玛里逊又忽然急语道,"哎,这太荒唐了,她没这么年轻?简直是在诋毁她,康威,你不能轻信这些胡说八道,这实在太可笑了,有什么意义啊?"

"你又如何知晓她的确年轻呢?"

玛里逊侧身有些害羞地说:"我就是知道,也许你不会想到那么多,但是我真的知道。我想你对她的了解还不够,康威,她外表的冷淡是这里的生活造成的,这里封冻了所有的热情,但是,热情本来是有的。"

"解冻了吗?"

"应该说是。"

"你能肯定她的确非常年轻?"

玛里逊柔声道:"上帝,的确,她还是个少女啊,我非常怜惜她,我们都不由喜欢上了对方,这不是什么见不得人的事情,更何况是在此地,够正派了……"

康威走到阳台上,远望泛着银辉的卡拉卡尔山,月亮升得很高了,好似在一片平静的海洋里荡漾,他突然领悟内心的梦境就此要消失了,如同那些最美妙而珍贵的事物一样消失了,一经面对现实这团乱麻,要把整个世界的未来压在天平上用青春和爱来掂量,一切都会显得

消失的地平线

消失的地平线

澜沧江峡谷的峻美风光。这条奔腾的江河是香格里拉地区的另一条边界，能够在这块土地上扎根的人，当然是香格里拉最动人的核心部分。

非常飘渺，他很清楚，自己的理想世界已经暗合为香格里拉，而这个世界又在危难之时。他尽量使自己打起精神来，但是他发现自己的思绪已经被完全搅乱了，面前的亭台楼阁都开始变为幻影，如泡沫一样顷刻消失，他非常不痛快，但最困绕的是迷惑和伤感，他已经无法判断自己是脑子真出了问题，还是的确清醒理智，或许原本是理智的，现在却失常了。

在转身的瞬间，他突然有了一种完全两样的感受，声音粗厉得近乎野蛮，他看来比在巴司库时的康威更英武，他紧咬牙关立即行动，他正视着玛里逊，神情一下变得警觉起来。"要是我同你一起走，你能否设法让那妞拿根绳子来？"他问。

玛里逊扑了过来，他几乎喊出来："康威！你的意思是，要和我走？你这样决定了？真的决定了？"

康威一收拾好行装他们就出发了，行动简单得难以置信，与其说是逃走，不如说是不辞而别。无人知晓，他们从照在院落中的月光和黑夜的暗影中走出来，康威感觉似乎到了空无人烟的地方，出入如此自由，随之而来的却是内心的空寂。玛里逊一路都在不断说着旅行的事情，但他似乎什么也没有听见，这太奇异了，他们那些扯不完的争论就在这种举动中消失了，而神奇的香格里拉就这样被这些有幸发现它的人所背弃了！

　　的确，没用一个小时他们就气喘吁吁地到了山道的拐角处，他们在此地最后望一眼香格里拉，深幽的蓝月亮山谷就在山下，如同一片静止的云，康威眼睛不禁有些湿润，点点的蓝瓦屋顶如同笼罩在飘渺的烟雾中一样在他眼前虚化、摇荡，这的确是最终的离别时刻，被陡峭的悬崖吓得几乎无法呼吸的玛里逊此时开始大口大口喘着气说："好兄弟，实在太棒了，走吧！"

　　康威苦笑不语，他开始准备那些用于翻越绝壁一样的山崖的绳子，如同这个年轻人所言，他的确下决心了，这是他内心惟一存在的感觉了，眼前时而有一些涌动的碎片不时来侵吞他的内心，之外只剩下让人无法容忍的空虚和失意。他命中注定要漂泊一生，要在两个世界的边缘，此时他感觉到的是越来越严重的失落，惟一明确的是他对玛里逊的爱惜，他得帮助他，他如同无数的凡尘中人一样，注定要从智慧之乡逃出去充当所谓的英雄。

　　玛里逊在悬崖上显得非常紧张，康威却能非常自如地以登山的姿态平安走出险地，最危险的一段路终于走过去了，他们都斜靠在山崖边喘着气抽烟："康威，我必须说，真是太好了，也许你能体验到我的感受，我不知如何描

右上：虔信者在家中的佛堂前拜佛。
右下：朝圣途中的藏传佛教的虔信者。

消失的地平线

179

述我的愉快！"

"假如我是你，就不描述了。"

歇了许久，他们才开始继续前进，玛里逊说："我的愉快不只是为了我自己，也是为了你，现在你终于搞清楚那些话，那些事都是在扯淡，太棒了，你能重新回到现实这太棒了！"

"根本不像你说的那样。"他随口答道，显然是在安慰自己。

黎明时刻他们已经翻过山岭，躲过了那些岗哨，但是康威意识到，这条路上的岗哨看来若有若无，他们很快到了高原上，步履轻松地走了一程，下了不是太陡的那个山坡，能看见送货人的帐篷了，如玛里逊所说，这些人都在等待他们，这些穿戴着裘皮衣物的大汉们都蜷缩在风中，正焦急地等着要到东北方向距离此地1100英里的四川稻城去。

一看到罗珍，玛里逊就兴奋地大叫："她真的要和我们一起走！"他忘了她听不懂英语，康威便将他的意思转告给她。他发现这个满族小姑娘从来没有这么高兴过，她对他那一笑充满魅力，但是很明显，她的目光一直没离开玛里逊这小子。

结 局
永失香格里拉

后来我又在德里见过鲁塞弗,是在一次总督的晚宴上,因为座位的安排以及各种礼节使我们直到那些扎头巾的侍从将礼帽递到我们手中时,才有机会交谈。

"去我住的旅店喝一杯?"他提议。

我们坐的士到风景如画的鲁汀亨斯镇,几英里单调的旅程后,德里老城区亲切动人的如画风景在面前闪过,从报纸上我了解到他刚从喀什回来。他是那种做事井井有条的人,每次独具意义的度假都充满了探险勘察的气氛,实际这位勘察者根本就没有把心思放在度假上,舆论并不了解这一点,而他正好在人们对他这种来去匆忙的印象遮掩下自由自在地做自己的事情。比如这次旅行,在我看来,并非如报纸上报道的那样,是在做一次"史无前例的古废墟勘察",假如还有人记得苏丹和斯文·赫定,那么地下发掘出的那个楼兰古城早已是大家熟悉的谈资了,我因此而故意拿此事和鲁塞弗开玩笑。他大笑道:"是的,事情的真相其实可以讲成一个非常奇妙的故事。"他含糊其辞地说。

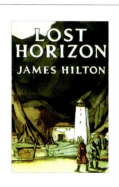

我们在他的房间喝威士忌,我抓住机会暗示他:"看来你去寻访康威了?"

"'寻访'不太妥当吧。"他答道,"没那么容易能在一个和半个欧洲一样大的国家找到一个人,只要是能碰到的人和地区,我都尽量探听过他,你应该记得,已经了解到的他最后的消息是他由曼谷往西北方向去了,看样子他似乎是去了缅甸,我认为他或许是去了中国边塞的哪个少数民族居住区,我认为他不会去缅甸的,因为他会在那里碰到些英国官员,总之很显然,他是在泰国北部的某地消失了。我当然不会到那地方去寻找,毕竟够远的!"

"你认为是否更容易找到蓝月亮山谷?"

"是的,这是个比较确定的地方,你看过我给你的手稿了吧?"

"岂止看过,早就该寄给你了,但是我没有你的地址。"

鲁塞弗点头道:"你有何感想?"

"很奇特,但是未免有点夸张,当然了,整个故事完全是康威给你口述后你写出来的。"

"说实话,我没有在其中虚构任何情节,的确是这

> 香格里拉是虚静的,非异化的,它是一个玄奥的谜,是梦,是传说,是幻象,是人类理想驻足的彼岸世界。进入那个世界,身心就会全部有寄托。佛陀的宽容的适度的香格里拉将在人类的视线中浮现出来。

消失的地平线

消失的地平线

日军轰炸上海的惨景。本书主人公康威逃出香格里拉之后，很快就遇到了他和最高喇嘛预见过的世界大战场景，那就是日本对中国的侵略。在东方，第二次世界大战已经打响了。身处这样一个动荡、诡异的混乱时代，每一个有理性和良知的人都会不由自主地怀念香格里拉，康威最后决定寻找香格里拉，重返那个世外桃源，决不是无意义的寻找，他代表了人类的希望。人类只要找到香格里拉，就可以获救。小说《消失的地平线》的伟大意义在于，它为西方文化价值观念，重新植入了人间乐土的意境，正如《不列颠文学家辞典》在评述该书时所说："它为英语词汇创造了一个伟大的词。"康威最终能不能找到香格里拉，如果仅理解为小说技巧营造的悬念，那就大错特错了，这个最终的问题，是对人类的召唤。拉开了随后日子里全球寻找香格里拉热潮的序幕。

样，可以说，我在其中使用自己的语言非常少，我记忆力很好，而康威又很会讲述，我们可是谈了一天一夜。"

"是的，我已经说过，这稿子非常奇特。"

他靠在椅子上笑笑："假如这就是你所有的认识，我想为自己辩解辩解。或许你会认为我是个轻信的人，但是我自己不觉得，现实中的人们总是相信过多的事情而遭遇麻烦，但是相信的事情太少生活又变得乏味。我自然相信康威的故事，从哪方面说都是，因此我尽量非常详细地把它写下来，而且不去考虑是否还有机会碰到他本人。"

他点上一支烟道："我因此有了许多艰难但奇异的旅行经历，我喜欢这样，而我的出版商有时也很想出一本游记。总之我行程几千英里，巴司库、曼谷、重庆、喀什以及许多地方我都探访过，那个神秘的地方就在这些地区的某处，你清楚，这个范围之大使我甚至不能有个比较确定的方位，或者，应该说连这个谜的一点影子都没摸着。你的确想了解康威历险的第一手资料，但是到现在为止，我仅仅查到了这么点消息，去年5月20日他离开了巴司库，10月15日到达重庆，最后的消息是今年2月3日他又离开了曼谷，之外就是一些也许、可能的猜测和神奇的传说，你可以随意想象。"

"也就是说，你在西藏也没有收获？"

"哦，我就没去过西藏，总督府的职员似乎根本不搭理我的申请，如同他们申批那些去喜马拉雅山探险的请求一样难。当听说我要独自去走昆仑山脉时，他们那么惊讶，好像我准备去刺杀甘地似的。实际他们比我了解更多，在西藏独自旅行是行不通的，必须有一个装备良好的探险队，以及一个懂得当地语言的向导。在康威给我讲述那些冒险经历时，我曾疑惑他们为何非要等送货人才能回去，为何不自己直接走掉？之后我才搞清楚，如同那些官方人员所讲的，进入昆仑山区不是世界上哪个地区的护照就可以解决的事情。其实我已经到达了一个地区，在那里可以看到远处那些山脉，那天是个好天气，大约距离那

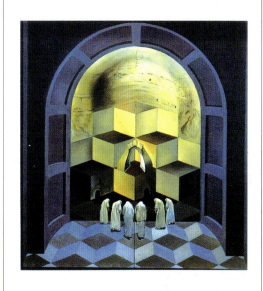

苏巴朗的头颅。油画。达利作品。他描绘了邪恶力量对人类心灵的控制。这正是香格里拉人极力要避开的灾难性后果。

个地方50英里，没有多少欧洲人会有这种机会的，是吧？"

"那些山峰的确那么险峻神秘吗？"

"它们如同地平线上一片起伏的绒毛，在雅堪特和喀什我询问了能够碰见的每一个人，但是毫无线索，此地可能是世界上的人最少涉足的地方。我也曾很幸运地遭遇过一个曾想法翻越这些山脉的美国旅行家，但是他却迷路了，他说有很多山路，但是都陡峭异常，根本不能在地图上找到，我问他是否能找到康威所描述的那个山谷，他说或许能，但是从地质结构的角度分析似乎又不可能存在，当我问他是否听说过一座和喜马拉雅山差不多高的锥形山时，他也是含糊其辞。他说的确有一个传说，但是没有依据，甚至有个传说中讲到一座高于珠穆朗玛的山峰，但他既不肯定此说也不否定，他说，很难说喀拉昆仑山一带有哪座山会高过25000英尺，但是的确没有精确测量过这些山峰。"

关于藏族喇嘛寺，他说看到不止一

消失的地平线

美丽的白茫雪山。它位于横断山脉的中部，是香格里拉地区最美的边界之一。这里是最好的自然保护区，它原始、完整而又神秘，是不可多得的自然遗产。

座，但是他的话和那些书籍上的论调没有两样，他重复向我讲述那些喇嘛寺并没有那么雄伟壮观，里面的僧侣也都普通之极，和俗人无二。

"他们中有长寿的吗？"我问。他说如果不是疑难杂症，他们的寿命一般都比较长，我又贸然问他这些喇嘛中是否真有长生不老的。

"有这种传说。"他回答道，"哪里都能听到这种传说，但是你却找不到可以证实的渠道，有个老朽的古董把自己关在一个洞穴里，接着就有人传说他已经活了一个世纪，似乎真的一样，但是关于他的出生时间你却无从知晓。"

我又问是否真有秘籍或者药物能够使人长寿并青春永驻，他说听说喇嘛们的秘术和诀窍很多，但是你真要去证实目睹，可能看到的仅仅是印度人玩的一些把戏，没那么奇特，但是他又说喇嘛好像的确有一种奇异的方式能够支配自己的肉体。他曾目睹过一些赤身裸体的喇嘛在封冰的湖边打坐，当时是零度以下的天气，寒风呼啸。他们的几个侍从敲破冰层，把被单在冰水里浸过后再裹在他们身上，如此重复多次，靠这些喇嘛身体的热量把被单烘干，他们也许是靠一种信念来保持体温的，但是这种解释仍然难以理喻。

鲁塞弗在杯子里加点酒："哦，这个美国人也认为这些都与长寿扯不上边，只能说明喇嘛们在修炼时喜欢搞些奇特的仪式。问了这么多，也许你也会认为这些都不能证明什么。"

消失的地平线

我说确实说不准，接着问他那个美国人对"卡拉卡尔"和"香格里拉"的认识。

"他没什么认识，我跟他问过，有次我还反复问他，他说：'说实话，我一向不关注寺庙类的地方，确实是这样，我曾经对一个在西藏遭遇的伙伴说，假如能避开那些寺院，我会尽量避开。'仅仅是下意识，我突然感觉到应该问问他是何时碰到这个人的，他说：'很久了，是大战前，好像是1911年……'我一再要求他能谈详细点，他便将他能够记忆起来的都告诉了我，他记得那年他带领一个探险队进行美国地理学会安排的考察，其实那是一次持续了很长时间的艰难旅行。他在昆仑山附近的一个地方碰到个当地人用轿子抬的汉族人，他的英语非常好，反复提议他们去附近的一座喇嘛寺看看，他甚至希望能亲自带路。那个美国人说时间太匆促了，实际也没兴趣，就是这样。"过了一会儿鲁塞弗又说，"我不是想拿这个证明什么，你不可能随意去发挥一个人20年前最平常的记忆，不管怎么说，它毕竟使人有所思。"

"是的，如果这个装备相当不错的探险队接受了建议，无法想象，他们会否被迫走不出那个喇嘛寺。"

"是的，不过，或许那里根本不是香格里拉。"我们都想得很费脑筋，但是想不清楚，也没有一个结果可以值得争论，我便问鲁塞弗是否在巴司库发现过什么。

"巴司库也没发现什么，百峡洼也没有任何线索，只知道的确有那次劫机事件，关于此事甚至没有人愿意去说。他们认为这事有些丢人。"

"关于那架飞机呢，没人再提过吗？"

"没人提过，甚至那4名乘客，连谣言都没有，我只查到一个线索，就是那的确是一架可以飞过崇山峻岭的飞机，关于巴那德我也查过，他的过去的确是个谜，假如真如康威所说，他就是查尔摩斯·布来亨特，我也不会大惊小怪，再说，布来亨特在当时非常轰动的追捕中突然失踪，的确使人费解。"

消失的地平线

纳粹魔影在香格里拉晃动

正当《消失的地平线》在欧洲畅销之时,人类历史上最大的恶魔希特勒正式登上了德国领导人的宝座。本书主人公深切体会到的战争预感就要变成现实。希特勒及其主要助手都是邪教人物,他们都深信有某个灵性的王国隐藏在世界的某个角落。希特勒相信掌握这个王国的力量就能控制整个世界。他不断地派出探险队在世界各地的荒僻之地寻找隐秘王国的入口。一支肩负纳粹使命的探险队出现在圣洁的雪域西藏,妄图发现香巴拉王国。这支探险队还肩负着论证希特勒的人种学使命。希特勒认为西藏人是最纯正的雅利安人。这支探险队在西藏采集了几位西藏人的英俊面模,纳粹依此面模制作出符合希特勒胃口的雕塑。人类有理由担心香格里拉总有一天会不可避免地遭受邪恶力量的进袭,本书的主人公也曾在谈话中涉及过这个话题。香格里拉能免除战争的阴影吗?

消失的地平线

消失的地平线

消失的地平线

消失的地平线

内战的预感。油画。达利的名作。跟希尔顿一样,达利也表达了自己对战争的担忧。毕竟,同一时代的欧洲人都在忍受大战必然会爆发的痛苦,没有任何政治家采取真正有效的方法来阻止战争。对战争的焦虑激发了极其反动的观念,这些观念构成了香格里拉的敌人。这些人信仰暴力,他们说:"战争是实现进步的一个条件,它让一个国家从恶梦中醒来。"他们说:"战争是暴风雨,它净化空气,摧毁树木,只留下粗壮的橡树。"他们还说:"对战争进行抵抗、否认、违背战争规律是愚蠢的行为。"而那些有资格进入香格里拉的伟大智者对暴力信仰展开了有力的抵制,他们说:"让那些相信战争能强化精神的混蛋到旷野中去,让他们用机枪彼此扫射,直到幸存者达到自己定下的标准为止。"

山中湖。油画。达利作品。这种风景如画的地方本来是适合人类居住的,但它却由于象征物质社会的电话的介入而倍显荒凉。达利以这幅作品讽刺英国首相张伯伦和希特勒达成慕尼黑协定的电话会议。这个协定是容忍恶魔张牙舞爪的愚蠢协定,是第二次世界大战迅速爆发的催化剂。这幅画表明香格里拉在人间难以寻觅的精神焦虑。

消失的地平线

"那个劫机犯呢?"

"我也查访过,没有线索,就连那个当时被打晕的飞行员也早死了,这个非常重要的线索就这么断了,我甚至给美国一所航空学校的朋友写信问过藏族学生的情况,但是他也提供不了什么,他说他根本分不清中国人中的藏族人是什么模样,他的50个中国学生都是要去参加抗日战争的飞行学员,那儿也发现不了什么。但是的确有条线索,很奇异的线索,我很容易就发现了,在伦敦的时候就发现的,在上世纪中期,德国耶拿有一位步行做环球旅行的教授,在1887年去了西藏,随后就没有了消息,有人说他在过河时淹死了,他叫弗伦德利克·美司特。"

"感谢上帝,康威提到过这个人!"

"对,但是可能也是巧合,这不是足够的证据,再说,那个德国人是1845年出生的,不值得惊奇。"

"但是,这够奇异了!"我说。

"的确很奇异。"

"其他人呢?你调查过吗?"

"没有,可惜没有太多的人物线索,关于肖邦的学生卜奈可,我找不到一点记录,但也不能因此证实没这么个人,这几个人康威只是提到过,50多个喇嘛,他只提到了那么几个,至于裴洛尔特和恒司祈迩,更是无从查起。"

消失的地平线

香格里拉地区最惊人的奇观是低纬度、低海拔的3大现代冰川。当地人称冰川为"恰"，这是藏语。明永恰、斯农恰、纽巴恰都位于梅里雪山深处。其中又以"明永恰"最为神奇，它长长的冰舌到达了冰川所能到达的最低海拔。这条冰川从卡格博峰奔流而下，气势磅礴，恢宏壮观，直接插入森林之中。同一纬度上可以看见亚热带的植物在迎风招展。垂直分布的植物带，几乎使每一道海拔都具有独特的人文价值。由此可以看出香格里拉地区的多姿多彩。

"玛里逊呢？"我问，"他后来的经历你了解到了吗？还有，那个满族姑娘！"

"老兄，我当然了解过了，很遗憾，正如你从书稿中看到的，康威和他一起跟着送货人出了山谷，那个故事就结束了，此后他无法，也是不希望和我讲之后的事情，如果时间充足他或许会再讲一些。我认为只能判断发生了什么不幸的事情，再说旅途中的冒险事件也是很恐怖的，不要说那些土匪，连那些送货人也保不准会如何对待他们，或许，根本无法去判断他们到底经历了什么，但是有一点能肯定，玛里逊根本没到达中国内陆。你知道我已经想尽办法进行了详尽的查访，查资料，寄信到西藏和中国内陆，以及那些有希望答复的地区，比如上海、北京，但是没有一点线索，实际也是徒劳，因为那些喇嘛们显然是在用很隐秘的方式运入物资的。我倒是去稻城看了看，那地方很独

消失的地平线

参观明永恰冰川的最佳地点是位于冰川中部的太子神庙，在这里，可以感受到宁静中的纯物质的生命流质。冰雪是神的血液。

在香格里拉，每一座雪山的峰顶部呈现金字塔的形状，雪山融化的奶汁式的雪水都滋润一处富饶峡谷。也就是说，凡有雪山之处，都有可能发现香格里拉。此地有足够的风光和生活形态可以构成《消失的地平线》中的雪域圣地。

消失的地平线

当香格里拉的主人对第二次世界大战的预感吸引欧洲人的广泛关注之时,战争的阴影已展示了最初的形式,那就是西班牙内战。这幅油画《格尔尼卡》是毕加索的名作,绘于1937年。格尔尼卡是香格里拉的反面和敌人,是惨痛的呼喊。毕加索不像希尔顿那样描绘香格里拉,而是直接描绘对立面的现实,他呈现了战争、盲目的暴力、孩子的死亡、母亲的悲伤。他将色彩限定在黑白灰的阴郁调子上,使画面具有暮气沉沉的灰暗的骇人的效果。

消失的地平线

可以认为希尔顿的香格里拉能够避开人类的惨剧，但它不能阻止格尔尼卡的罪恶。格尔尼卡表明了那些没有缘份进入香格里拉的人应该采取的正确立场。毕加索说："绘画不是用来装饰房子的，它是对抗敌人的武器。"

消失的地平线

特，像世界上某个最偏远的小镇一样很难进入，云南的那些汉族脚夫，从这个地方将茶叶运到藏族人那里，这些你从我打算出版的另一本书上能够了解到，少有欧洲人能跋涉这么远的路途过来，但是我发现那个地方的人都很懂得礼仪，文化气氛浓厚，但是却没有发现一点康威他们到达这里的线索。"

"康威怎么到了重庆也查不出来？"

"只能解释说他是流浪到那里了，如同他在其他那些地方漂泊一样。我们在重庆又被各种事情干扰，而教会医院的修女们已经很直率地讲了许多。"

"西甫井呢？他为何会被康威弹的肖邦的练习曲搞得那么兴奋？"

鲁塞弗停了一下，很有深意地说："这的确是很重要的线索，而且不偏颇。当然了，假如你不相信康威的故事，只能说你不信任他，怀疑他是否头脑清楚，但是，或许他非常真诚。"

他又不说话了，好像希望我能够谈点什么，因此我说："你清楚，后来我也没见过他，只听人们说大战后他的确和以前不一样了。"

鲁塞弗说："是的，他是和以前不一样了，这个你没有理由怀疑，你无法期望一个经历了3年肉体和精神折磨的年轻人不会有一点点变化，我认为，虽然人们传说他仅仅是碰破了点皮事情就过去了，但是我想他的伤痛，是在心底啊！"

随后我们又开始议论战争对各种人的影响，最后他又说："但是，我得再声明，或许应该说这是最奇异的一点，我在教会时查出了些东西。你能够想到，他们都在尽量帮我发现一些东西，但他们的记忆也是有限的，特别是，当时他们都在忙碌抢救一个得了流行病的病人。我先问他们康威是怎么到了医院的，是他自己来的，还是谁送他来的？但是他们都记不起来了，的确，这事情过去太久了，但是当我打算离开的时候，有

196

香格里拉地区的雪山群是北半球纬度最低的雪山群。

消失的地平线

消失的地平线

第二次世界大战后期，美军在太平洋上和日军展开殊死搏斗。每一次攻击开始的时候，罗斯福总统都会大声地祈祷，并激励美军飞行员。他说："你们是从香格里拉起飞的。"从这句话可以看出《消失的地平线》的巨大影响力。同时，也揭示了香格里拉的深层含义，那就是香格里拉不仅仅意味着幸福生活，它还具有挪亚方舟的能力，它吸纳和保存对人类和平有利的一切有生力量。它表明香格里拉对人类命运的深切关怀，它与世隔绝，但并不回避人类的责任，当世界需要它时，它会适当地展示自己的力量，为拯救人类而作出贡献。香格里拉因此而魅力永存。

198

个修女随口说道：'我记得，似乎是医生讲过的，一个女人送他来的。'就这么一句话，至于那个医生，早不在这个医院了，无法确认到底怎么回事。"

"但是如此跋涉才找到点线索，我能就这么放弃吗？我了解到这个医生去了上海某医院，就查到他的地址去了上海，当时正是日本飞机轰炸不久，所见非常凄惨，因为已经在重庆见过他，因此他这次虽然很忙，还是接见了我，当时的情形，比德军对伦敦的轰炸要残忍多了，他听说了我的来意后说还记得那个失去记忆的英国人。"

"他真是被一个女人送到医院的吗？"我问他。

"是的，的确是个女人，汉族女人。我问他是否还记得她的样子，他说只记得她得了伤寒病很快死了……我们谈到这里就被打断了，来了许多伤员，他们被抬到放满了担架的过道里，已经问得差不多了，我不想再耽误医生的时间，而当时枪声震耳，他的事情很多。但是他仍然过来和我说话，并且显得很激动，在这个惊心动魄的时候，我仅仅问了最后一个问题，你能想到，我问的是：那个汉族女人是否年轻？"

鲁塞弗轻轻弹掉烟灰，好像他也在找个空隙让我因此激动，他说："那个矮小的医生认真地望了我半天，才用很礼貌，但是汉族人说得走调却流利的英语告诉我：'她啊，她很老了，是我见过的最老的一个人。'"

我不再言语，默坐。许久我才开始谈起我印象中的康威，那张孩子气十足的脸，那个非常有天分，并且充满活力的年轻人，以及那场使他有了变化的战争，以及那些和时间、年龄、内心世界有关的秘闻，还有，那位变成世界上最老的老人的满族姑娘和神秘莫测无法探知的蓝月亮山谷。

最后，我问他："你认为他最后找到香格里拉了吗？"

消失的地平线

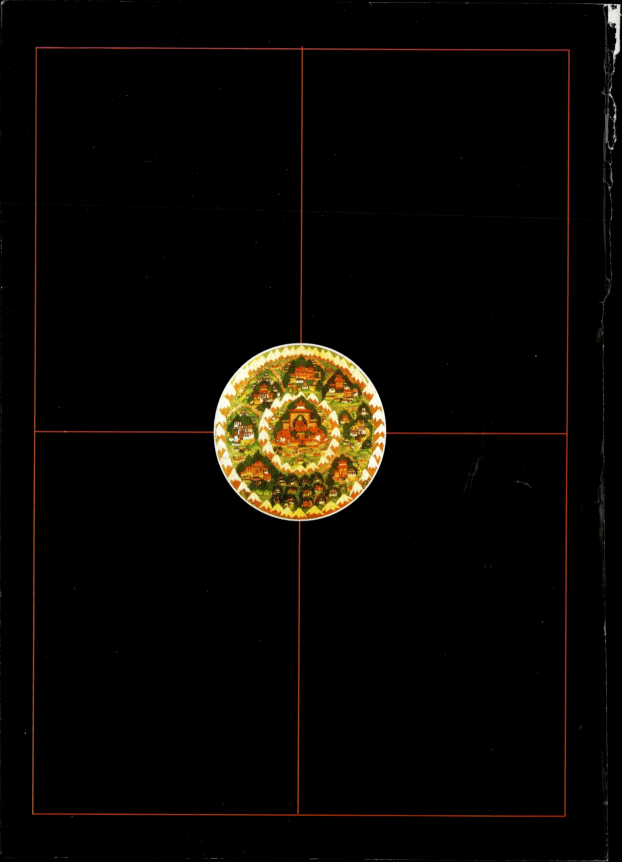